Die Reisen der *Diamond Lady* – Ein Wiedersehen der Liebe

Die beiden Freunde Jakob Vollmer und Anton Hofbichler machen Urlaub auf der *Diamond Lady*. Auf der Reise treffen sie überraschend ihre frühere Schulfreundin, Juliane Gstattner. Während es für Jakob nur eine nette Überraschung ist, Juliane wiederzusehen, ist es für Anton viel mehr. Seine Gefühle, die er schon während der Schulzeit für Juliane empfunden hatte, erwachen von Neuem. Juliane geht es nicht anders, denn auch sie hatte bereits in der Vergangenheit ein Auge auf Anton geworfen. Bald schon kommt es allerdings zu Differenzen in dieser Ménage-à-trois und Juliane muss sich die Frage stellen, ob es für sie und Anton überhaupt eine gemeinsame Zukunft geben kann.

Für Kapitän Andersen wird diese Reise zu einer persönlichen Herausforderung. Er kommt hinter das Geheimnis um den überstürzten Abgang seines Vorgängers Hartmut Berger. Die vergangenen Ereignisse übertreffen die Befürchtungen von Kapitän Andersen und fordern ihn mehr denn je, die richtige Entscheidung als Kapitän zu treffen.

Johanna Mai

Die Reisen der *Diamond Lady* – Ein Wiedersehen der Liebe

Personen

Crew der *Diamond Lady*:

Robert Andersen	*Kapitän der Diamond Lady*
Rebecca Andersen	*Kreuzfahrthotelmanagerin, älteste Tochter des Kapitäns*
Cassandra Andersen	*Mitarbeiterin im Animationsteam, jüngste Tochter des Kapitäns*
Christian Roth	*Staff-Kapitän*
Peer Ehrenberg	*erster Offizier (Sicherheitsoffizier)*
Jan Seeger	*Koch*
Dr. Marga Limbeck	*Schiffsärztin*
Natascha Morosow	*Rezeptionsangestellte*
Pawel Tarassow	*Chief Engineer*
Niklas Folkerts	*Umweltoffizier*
Frank Ehring	*General Manager*

Passagiere der *Diamond Lady*:

Jakob Vollmer	*bester Freund von Anton*
Anton Hofbichler	*bester Freund von Jakob*
Juliane Gstattner	*ehemalige Masseurin im Spa-Bereich der Diamond Lady*

Weitere:

Christa Andersen	*verstorbene Ehefrau des Kapitäns*
Vera Andersen	*Schwester des Kapitäns*
Hanna Andersen	*mittlere Tochter des Kapitäns*
Sofia Lehmann	*Enkelin des Kapitäns und Tochter von Hanna Andersen*
Karsten Lehmann	*Ehemann von Hanna Andersen*
Hartmut Berger	*früherer Kapitän der Diamond Lady*
Dr. Peter Cassens	*früherer Schiffsarzt der Diamond Lady*
Claudio Mancini	*Inhaber der Reederei Mancini*

Die Handlungen und Personen in diesem Buch sind frei erfunden. Ähnlichkeiten mit lebenden oder toten Personen und Schiffen sind rein zufällig. Alle Angaben und Informationen über die Arbeit und Aufgaben der einzelnen Personen sowie deren Position und Funktion auf einem Schiff und die einzelnen Orte, Häfen und Gebräuche der verschiedenen Länder sind ohne Gewähr auf Richtigkeit und/oder Vollständigkeit und können daher von der Realität abweichen.

Anton Hofbichler machte mit seinem Smartphone noch ein weiteres Foto der *Diamond Lady*. Das Kreuzfahrtschiff lag vertäut an einem Pier am Hamburger Hafen. Der Himmel war bedeckt. Antons bester Freund und Reisebegleiter Jakob Vollmer war schon einige Meter vor ihm.

„Wie viele Fotos willst du denn noch machen?", fragte er und blieb stehen. „Nimm dir doch einfach einen Prospekt mit."

„Ich schicke die Bilder an meine Eltern. Sie überlegen ja auch schon immer, ob sie mal eine Kreuzfahrt machen wollen oder nicht." Anton sendete das Bild mit einem kleinen Gruß an seine Eltern.

„Wenn es nach mir gegangen wäre, hätten wir keine Kreuzfahrt nach Westeuropa gemacht, sondern ..."

„Ich weiß schon, nach Dubai oder Richtung Thailand", beendete Anton den Satz.

„Ja, das wären mal interessante Ziele, aber wegen dir Angsthase sitzen wir jetzt auf diesem Dampfer fest und tuckern die Küste Portugals entlang."

„Wir sind auch noch in England, Frankreich und Spanien. Du hättest ja nicht mitkommen müssen, Jakob", entgegnete Anton.

„Ach komm, du würdest dich langweilen, wenn ich nicht dabei wäre", erwiderte Jakob von sich überzeugt. Er und Anton waren seit dem Kindergarten beste Freunde, sie fuhren die meisten Urlaube zusammen weg. Jakob hatte die letzten Jahre alle paar Monate eine andere Freundin gehabt und war aktuell ungebunden. Antons Beziehung zu seiner Freundin war erst vor kurzem in die Brüche gegangen, sie hatte ihn nach eineinhalb Jahren verlassen. Um Anton nun auf andere Gedanken zu bringen und weil es für Jakob nichts Schlimmeres gab, als im Urlaub zu Hause zu bleiben, hatten sie beschlossen, zusammen auf Kreuzfahrt zu gehen. Anton, der schon immer der Bedächtigere von ihnen gewesen war, hatte allerdings den Kompromiss gemacht, dass sie sich für die erste Kreuzfahrt auf den Großraum Europa beschränkten.

„Die nächste Kreuzfahrt können wir ja dann nach Dubai oder Thailand machen", sagte Anton.

„Ich bin schon gespannt, wie das Fitnessstudio auf dem Schiff aussieht", meinte Jakob. „Ich will hier nicht mit fünf Kilo mehr nach Hause fahren." Jakob klopfte sich auf den durchtrainierten Bauch. Er war eitel, das wusste er auch, aber Aussehen und Fitness waren ihm schon immer wichtig gewesen. Anton hingegen sah dem Ganzen entspannt entgegen. Er war von Natur aus der stämmigere Typ und es störte ihn auch nicht. Da er zudem auch noch recht groß war, über einen Meter achtundachtzig, wirkte er nicht dick, sondern eher kompakt.

„Du hast Probleme! Ich hoffe, wir bekommen viel von Land und Leuten zu sehen."

„Ja, das hoffe ich schon auch", stimmte Jakob zu. Sie erreichten den Check-in-Schalter, zeigten ihre Dokumente vor und betraten das Schiff. Sofort machte Anton ein weiteres Foto.

„Schickst du das auch wieder an deine Eltern? Ich glaube nicht, dass der Chef auf Kreuzfahrt geht." Chef, so nannte Jakob Antons Vater häufiger, wenn sie über ihn sprachen, denn Anton und Jakob arbeiteten beide bei Elektro Hofbichler, dem Elektrobetrieb von Antons Vater, Georg Hofbichler, in Oberwaibach. Jakob arbeitete als Elektriker und Anton im Büro. Sein Vater hätte in der Vergangenheit gerne gesehen, dass Anton ebenfalls eine Lehre als Elektriker anfing, doch Anton hatte sich schon immer hinter einem Schreibtisch und hauptsächlich am Computer arbeiten sehen. Sein bester Freund Jakob war da ganz anders. Schon in seiner Jugend hatte Jakob Anton um seinen Vater beneidet. Fast die ganze Garage zu Hause bei den Hofbichlers war voll mit elektrischen und mechanischen Maschinen und Spielereien, wie Antons Mutter es nannte. Eisenbahnen, Autos, alte Radios und andere reparaturbedürftige Geräte. Stundenlang konnten Jakob und Georg Hofbichler vor diesen Geräten sitzen und nach Lösungen tüfteln, wenn etwas nicht richtig lief.

„Ich glaube auch nicht, dass meine Eltern eine Kreuzfahrt machen, aber jetzt haben sie zumindest schon einmal ein paar erste Eindrücke."

„Wie gesagt, bring ihnen doch einfach einen Prospekt mit, das reicht auch. Ich hoffe, es sind nicht nur Rentner an Bord, sondern auch ein paar hübsche Mädels", sagte Jakob, als eine ältere Dame an ihnen vorbeiging. Jakob hatte nicht sehr leise gesprochen und die Frau sah ihn pikiert an.

„Wir wollen doch Urlaub machen und uns entspannen, oder?", fragte Anton, dem der Blick der Dame nicht entgangen war. Manchmal schien Jakob ziemlich grob.

„Ja eben, ein bisschen Spaß sollten wir uns schon gönnen."

„Ich finde es weniger spaßig, sondern eher stressig und außerdem stehen die Mädels meistens auf dich und ich sitz daneben wie ein Schluck Wasser in der Kurve."

„Quatsch, so ist das doch nicht", entfuhr es Jakob.

„Mir kommt es schon so vor."

„Du täuschst dich, Anton. Aber okay, okay, wir machen Kumpel-Urlaub und ich flirte mit keiner Frau. Aber wenn sie mich anspricht, kann ich nichts dafür." Jakob lachte. An Gelegenheiten würde es sicher nicht mangeln.

*

„So, Frau Gstattner, nun ist es so weit. Mit dem heutigen Tag endet ihr halbjähriges Praktikum hier an Bord der *Diamond Lady*", sagte Kapitän Andersen feierlich zu Juliane Gstattner. Die junge Frau vor ihm lächelte ihn an und nickte.

„Haben Sie viel mitnehmen können, an Erfahrungen aus diesem halben Jahr?", fragte der Kapitän.

„Ja, es war eine herrliche Zeit hier an Bord. Die Tage vergingen schneller, als ich schauen konnte. Gerade im Umgang mit den Leuten habe ich nun mehr Routine. Während meiner Ausbildung zur Masseurin habe ich mich immer gefragt, ob es auch das Richtige für mich ist, aber jetzt durch dieses Praktikum weiß ich es ganz sicher, dass es die richtige Entscheidung war, noch einmal umzuschulen."

„Das freut mich zu hören. Ich habe gelesen, Sie haben vorher als Automobilkauffrau gearbeitet. War das nichts für Sie?" Der Kapitän hatte, bevor er das

Zeugnis und das Empfehlungsschreiben für Juliane Gstattner fertig gemacht hatte, ihren Lebenslauf gelesen. Nach der Realschule hatte Juliane eine Ausbildung als Automobilkauffrau gemacht, dann direkt im Anschluss an die Ausbildung war sie zwei Jahre als Au-pair und für Work-and-Travel ins Ausland gegangen. Nachdem sie zurückkam, jobbte sie als Kellnerin und Verkäuferin und begann schließlich, nachdem sie einen Platz bekommen hatte, ihre Ausbildung als Masseur und medizinischer Bademeister, wie es im Fachjargon hieß. Nach ihrem erfolgreichen Abschluss hatte sie nun ein halbjähriges Praktikum auf der *Diamond Lady* absolviert. Der Kapitän freute sich, dass diese junge Frau vor ihm nun ihren Traumjob gefunden hatte und so glücklich war.

„Ich habe in der Vergangenheit gemerkt, dass ich sehr gerne mit Menschen zusammenarbeite und mir etwas fehlt, wenn ich in einem Beruf kaum die Möglichkeit dazu bekomme. Es freut mich, wenn ich dazu beitragen kann, dass sich Leute wieder ohne Schmerzen bewegen können. Bei den Arbeitsstellen in der Vergangenheit konnte ich auch vielen Leuten helfen, aber da ging es nur um eine Auskunft oder dass ich bei einem bestimmten Problem helfen kann. Bei meiner jetzigen Arbeit sind die Probleme oft nicht ganz klar ersichtlich und die Leute sind in ihrem täglichen Leben eingeschränkt. Es gibt nichts Schöneres, als solchen Menschen zu helfen."

„Sie klingen sehr glücklich, bestimmt war es hier aber auch sehr stressig."

„Das können Sie laut sagen, Käpt'n. Aber so wird es zumindest nicht langweilig", erwiderte Juliane und lachte.

„Ich sehe schon, Sie lassen sich nicht aus der Ruhe bringen, behalten Sie diese Eigenschaft. Was haben Sie denn jetzt vor, Frau Gstattner?"

„Ich habe schon eine neue Stelle. Anfang des nächsten Monats beginne ich dort. Zuerst werde ich bei meinen Eltern wohnen und mich dann ganz in Ruhe nach einer eigenen Wohnung umsehen. Meine Eltern freuen sich schon darauf, mich wiederzusehen. In den letzten Jahren waren es ja nur immer sehr wenige Wochen im Jahr, an denen sie mich zu Gesicht bekommen haben und sie meinten, ich muss mich nicht beeilen mit der Wohnungssuche."

„Das ist dann in Oberwaibach, oder?"

„Ja genau, der Ort wird Ihnen vermutlich nichts sagen, Käpt'n. Unser Dorf wird so ungefähr viertausend Einwohner haben, schätze ich, und seit letztem Jahr gibt es dort ein Kurzentrum. Dort fange ich zum Ersten des Monats an. Ich freue mich schon richtig, wieder in meine alte Heimat zurückzukommen. Die Ausbildung in München war schön und auch die Jahre im Ausland würde ich nicht missen wollen, doch nun zieht es mich wieder nach Hause."

„Unser Staff-Kapitän Christian Roth ist wie Sie auch aus Bayern."

„Ja, ich weiß. Wir haben uns schon öfter unterhalten. Er kommt aus einem kleinen Dorf in der Nähe von Garmisch. Oberwaibach liegt im Allgäu. Aber, ich glaube, Christian ist ein Mensch des Meeres. Er vermisst die Berge nicht so sehr wie ich. Ich denke, ich werde froh sein, wenn ich die Allgäuer Alpen wieder vor der Nase habe."

„Dann wünsche ich Ihnen an dieser Stelle alles erdenklich Gute, Frau Gstattner. Sie bleiben die kommende Reise ja noch als Gast bei uns an Bord. Es würde mich freuen, wenn wir uns auf einen Kaffee treffen könnten. Dann möchte ich ein bisschen mehr über die Allgäuer Alpen erfahren. Dort war ich noch nie."

„Sehr gerne, Käpt'n. Ich sage ebenfalls Danke für das Zeugnis und das Empfehlungsschreiben. Der Abschied am Ende dieser Reise wird mir sehr schwerfallen, das weiß ich jetzt schon. Ich bin froh, dass mir die Reederei als Geschenk diese Abschlussreise ermöglicht hat. So habe ich die Möglichkeit, mich ohne Zeitdruck von den Kollegen zu verabschieden."

Sie gaben sich die Hand und Juliane Gstattner verließ das Büro des Kapitäns. Auf der einen Seite fühlte sie sich beschwingt, sie war glücklich und voller Vorfreude, was die Zukunft bringen würde. Auf der anderen Seite musste sie mit einem weinenden Auge aber auch an all die Kollegen denken, die ihr in der Zwischenzeit ans Herz gewachsen waren. Der Zusammenhalt und die Kollegialität auf der *Diamond Lady* wurden immer großgeschrieben und machten es für scheidende Mitarbeiter manchmal schwer zu gehen, doch ihr Heimweh zog sie zurück nach Hause. Zu ihren Eltern, in ihre Heimat. Sie ging in ihre Crew-Kabine, packte alles zusammen und zog in ihre neue Kabine um. Sie war bedeutend geräumiger und in einem der obersten Decks. Dann las sie sich das Empfehlungsschreiben noch einmal durch und rief ihre Eltern an. Das Telefongespräch dauerte etwas länger. Ihre Eltern konnten es nicht erwarten sie zu sehen, wünschten ihr aber noch eine wunderschöne Reise. Juliane lächelte. Sie freute sich auf die nächsten Tage, sah ihnen aber auch mit Wehmut entgegen.

*

Der erste Offizier, Peer Ehrenberg, fand seinen Kollegen, Staff-Kapitän Christian Roth, auf dem obersten Deck der *Diamond Lady*. Mit ernstem Gesichtsausdruck starrte Christian auf den Pier. Noch lag die *Diamond Lady* im Hafen, doch schon heute Abend würde sie sich auf den Weg in den Westen von Europa machen. Die Gäste stiegen gerade zu. Die meisten von ihnen lächelten in der Vorfreude auf die Reise. Der Himmel war grau in grau und es sah nach Regen aus.

„Hier bist du!", begrüßte Peer ihn. „Alles in Ordnung?"

„Ja, alles okay. Ich bin nur in Gedanken." Peer stellte sich neben ihn. Die Reise der *Diamond Lady* in die Ostsee war nur zwei Tage her. Innerhalb der letzten 24 Stunden waren sie von Warnemünde nach Hamburg gefahren. Der Nord-Ostsee-Kanal hatte ihnen dabei wertvolle Zeit eingespart. Der Chef der Reederei, Claudio Mancini, war an Bord gewesen. Nach eigener Aussage, weil er die Neuerungen, die auf dem Flaggschiff der Mancini-Reederei durchgeführt worden waren, begutachten wollte. Christian Roth vermutete aber, dass der Besuch des Reederei-Chefs noch einen anderen Grund haben musste. Hatte er sich mit Kapitän Andersen auch über den Vorfall unterhalten? Der

14

Vorfall, der dazu geführt hatte, dass der vorige Kapitän Hartmut Berger schließlich von heute auf morgen seinen Dienst beendet und das Schiff verlassen hatte?

„Ich denke, wir sollten es dem Kapitän sagen, Peer."

„Das halte ich für keine gute Idee. Christian, überleg doch mal! Wieso sollten wir für etwas den Kopf hinhalten, was wir nur ahnen konnten?! Wir haben Dr. Cassens damals um Rat gefragt. Was hätten wir den anderes tun sollen?! Was, wenn wir mit unserem Verdacht falschgelegen hätten?"

„Ach, Peer, das ist doch Augenwischerei. Wir wussten, dass wir vermutlich richtig liegen. Es ging um die Sicherheit des Schiffes! Es ist unsere Pflicht Kapitän Andersen davon in Kenntnis zu setzen! Ich schlage vor, wir holen Frank Ehring noch mit ins Boot."

Peer stellte sich neben seinen Kollegen an die Reling. Er dachte nach. In gewisser Weise hatte Christian recht. Gewissenhaftigkeit, Loyalität und Ehrlichkeit waren auf einem Schiff wie der *Diamond Lady* oberste Prämisse, aber sie hatten bis zu dem Tag, als Kapitän Berger ging, nur Vermutungen gehabt und erst an diesem Tag hatten sich ihre Vermutungen als zutreffend herausgestellt.

„Du willst, dass wir es weiter für uns behalten?!", fragte Christian, doch es klang nicht wie eine Frage, sondern mehr wie ein Vorwurf.

„Ja. Nein. Was weiß ich. Lass mich noch eine Nacht darüber schlafen, okay?" Peer wandte Christian den Rücken zu.

„Und was soll das bringen?", fragte der Vize-Kapitän. „Fühlst du dich denn so wohl mit der Situation?"

„Nein, natürlich nicht", murmelte Peer und sah hoch zum Himmel. Grau und wolkenverhangen, ein bisschen düster. Wie die Stimmung in seinem Inneren.

„Ich gebe dir morgen Bescheid, Chris. In Ordnung?!" Der Staff-Kapitän nickte.

„Bis später", verabschiedete sich Peer von seinem Kollegen.

„Bis später, Peer", erwiderte Christian.

Eigentlich hatte Peer nur eine Angst: seinen Job, der ihm so viel bedeutete, zu verlieren.

*

Juliane unterhielt sich gerade mit ihrer früheren Kollegin Natascha, die in der vergangenen Zeit an Bord der *Diamond Lady* eine gute Freundin geworden war.

„Juliane?!", nahm Juliane hinter sich plötzlich eine Stimme wahr. Sie drehte sich irritiert um und erkannte ihre beiden ehemaligen Mitschüler Anton und Jakob. Es war Jakob, der sie soeben angesprochen hatte. In den vergangenen Jahren schien er sich nicht sehr verändert zu haben. Seine Haare waren dunkel und modisch geschnitten. Er hatte keinen Bart, die dunklen Augen musterten sie anerkennend und um den Hals trug er eine Kette, an der er auch seine Sonnenbrille eingehängt hatte. Die Sonnenbrille würde er heute, angesichts des Wetters sicher nicht brauchen, da war sich Juliane sicher.

„Hey, ihr zwei", grüßte sie die beiden. Jakob umarmte sie. Juliane erwiderte die Umarmung herzlich. Sie hatte die beiden schon seit gefühlten Ewigkeiten nicht mehr gesehen.

„Das ist ja eine Überraschung!", rief sie aus. Ihr Blick fiel auf Anton und sofort machte ihr Herz, wie es schien, einen kleinen Hüpfer. Anton war noch ein Stückchen größer geworden. Seine braunen Haare trug er etwas länger und sein Bart stand ihm ausgesprochen gut. Er war wie in der Vergangenheit eher kompakt, doch Juliane hatte schon immer gefunden, dass er wie ein Fels in der Brandung wirkte. Unerschütterlich. Sie ergriff die Initiative und umarmte Anton. Er zögerte kurz, legte dann aber auch seine Arme um sie. Es war eine herzliche Umarmung.

„Es ist schön, dich zu sehen", sagte er leise. Seine dunkle Stimme hatte sie nun sehr lange nicht mehr gehört, doch nun merkte sie, dass sie noch immer eine Gänsehaut bekam.

„Und du, Juliane, mit wem bist du hier?", fragte Jakob. Er hat sich wirklich nicht verändert, dachte sich Juliane. Immer mit der Tür ins Haus.

„Ich bin alleine hier und habe das letzte halbe Jahr auf dem Schiff gearbeitet. Diese Reise ist ein Abschiedsgeschenk der Reederei. Jetzt bin ich nur Gast", erwiderte Juliane lächelnd.

„Was heißt denn hier *nur*?!", fragte Natascha.

„Als was hast du hier gearbeitet? Ich dachte, du bist Automobilkauffrau?", fragte Anton. Das hat er sich gemerkt, kam es Juliane in den Sinn und es freute sie mehr, als sie sich eingestehen wollte.

„Wahrscheinlich als Kapitän", entgegnete Jakob feixend. Wie immer war er sehr direkt.

„Ach, du Quatschkopf. Nein, ich habe umgeschult. Ich bin jetzt medizinische Bademeisterin und Masseurin", erklärte Juliane.

„Ach so, hat dir Automobilkauffrau nicht gefallen?",
fragte Anton überrascht.

„Nicht so, dass ich es bis zum Ende meines Lebens
machen wollte. Jetzt bin ich deutlich glücklicher."
Anton sah Juliane genau an, während sie sprach, als
wollte er sich jede Einzelheit einprägen. Er war fast
aus allen Wolken gefallen. Nie hatte er erwartet, sie
hier anzutreffen. Sie war damals nach ihrer Lehre ins
Ausland gegangen. Seitdem hatte Anton sie nicht
wieder gesehen und nun trafen sie sich hier auf
diesem Schiff wieder. Jakob war ein Meister des Small-
talks und er schaffte es, Juliane gleich in ein längeres
Gespräch zu verwickeln.

„Und ihr? Was macht ihr so?"

„Anton und ich arbeiten bei Elektro Hofbichler."

„Dann seid ihr beide in Oberwaibach geblieben, das
ist schön, dann sehe ich gleich ein paar bekannte
Gesichter. Nach dieser Reise geht's für mich auch
wieder nach Hause. Ich arbeite dann im Kurzentrum."

Anton merkte, wie diese Neuigkeit ihm ein Lächeln
auf die Lippen zauberte. Juliane kam zurück! Am
liebsten hätte er laut vor Freude gelacht und in die
Hände geklatscht.

„Das sind ja großartige Neuigkeiten, dann können
wir uns ja öfter treffen", beschloss Jakob lächelnd.
Manchmal nervte es Anton, dass Jakob dieses Mode-
magazin-Lächeln besaß. Jakob wusste, dass er gut aussah. Zugegeben, er musste auch einiges investieren,
das ahnte Anton. Jakob spielte nicht nur beim SV
Oberwaibach Fußball wie er selbst, sondern ging
regelmäßig ins Fitnessstudio oder joggen. Hoffentlich

hatte er es zu Juliane nur so dahingesagt und nicht ernst gemeint.

Sie checkten bei Julianes Freundin an der Rezeption ein, danach verabschiedeten sie sich von Juliane.

„Vielleicht sehen wir uns?!", sagte Juliane hoffnungsvoll.

„Sicher, so groß ist das Schiff nun auch nicht", entgegnete Jakob.

„Dann bis später."

„Bis später", verabschiedeten sie sich von ihr.

Juliane stand neben Natascha und wartete, bis die zwei verschwunden waren.

„Wer war denn das?", fragte Natascha auch schon neugierig.

„Ach, Jakob und Anton sind ehemalige Schulkameraden von mir."

„Der sieht echt super aus!", entgegnete Natascha begeistert.

„Ja, ich weiß. Ich habe ihn auch schon immer gemocht. Er wirkt wie ein Bär, so stark und der Bart steht ihm auch echt gut."

„Hä? Von welchem der beiden reden wir?", fragte Natascha irritiert. „Ich spreche von dem Dunkelhaarigen, warte ...", sie nahm die Buchung zur Hand, „von Jakob."

„Ach so, ich spreche von Anton."

„Na dann, ran an den Mann. Ich finde, er konnte gar nicht die Augen von dir lassen."

*

„Das hätte ich ja nie erwartet, dass wir Juliane hier treffen“, erwiderte Anton noch immer überrascht.

„Ja, die Welt ist wirklich klein. Vor allem, hattest du in Erinnerung, dass sie so gut aussieht?“ Jakob wirkte überrascht, fast so, als hätte er Juliane zum ersten Mal richtig wahrgenommen. Oh doch, kam es Anton in den Sinn, ich wusste schon immer, dass sie wunderschön ist.

„Bestimmt sehen wir sie bald wieder. Dann werde ich gleich mal abchecken, ob es jemanden gibt, der auf sie wartet, was meinst du?“, erwiderte Jakob und schlug Anton auf die Schulter. Anton merkte, wie er wütend die Zähne zusammenbiss, während sie den Flur bis zu ihrer Kabine entlang gingen. Jakob hatte bei den Damen in der Regel die freie Auswahl. Meistens machten sie ihn sogar an. Warum musste nun ausgerechnet Juliane ihm gefallen?!

„Anton, alles in Ordnung?“, fragte Jakob plötzlich. Anton war soeben an der Kabine vorbeigelaufen, weil er gar nicht mehr auf die Nummern geachtet hatte, sondern so in seine Gedanken vertieft war. Nun merkte er, dass Jakob stehen geblieben war.

„So, das dürfte die Kabine sein“, wechselte Jakob auch schon das Thema, bevor Anton ihm auf seine Frage antworten konnte. Doch das war Anton nur recht. Er wollte seinem besten Freund jetzt nicht auf die Nase binden, dass er in ihrer Schulzeit ein Auge auf Juliane geworfen hatte. Ihre Kabine hatte zwei Einzelbetten, einen Balkon, einen großen Flachbildschirm, eine Couch und einen kleinen Tisch.

Jakob schmiss die Reisetasche auf das Bett, das sich neben dem Balkon befand. Dann blickte er skeptisch hinaus.

„Na, das Wetter könnte besser sein, aber wir fahren ja Richtung Süden. Wenn wir doch, wie ich vorgeschlagen hatte, nach Dubai gefahren wären, hätten wir sicher schöneres Wetter gehabt.“

„Aber dann hätten wir Juliane nicht getroffen“, entgegnete Anton sofort.

„Das stimmt. Und Juliane hat echt was aus sich gemacht. Früher war sie doch eher unauffällig und eine von den Stilleren. Jetzt ist sie fast schon interessant.“ Bei Jakob klang es so, als würde er nicht über eine ehemalige Mitschülerin sprechen, sondern als gäbe er seine Meinung zu einem Film ab, den er eben gesehen hatte.

„Ich fand, sie war schon immer eine der Interessanteren.“

„Echt?!“, kam es von Jakob. Er wirkte sehr erstaunt. „Ich fand, da gab es andere in unserer Klasse.“

*

„Entschuldigen Sie, ist Hartmut Berger dieses Mal nicht der Kapitän?“, sprach eine ältere Dame ein wenig enttäuscht den ersten Offizier fragend an.

„Kapitän Berger ist dieses Mal tatsächlich nicht an Bord. Aber seien Sie unbesorgt, sicher werden Sie unseren neuen Kapitän Andersen als ebenso sympathisch erleben“, sagte Peer sofort. Die ältere Dame nickte zufrieden. Peer wünschte ihr eine schöne Reise und setzte seinen Weg fort.

„Vielen Dank", meldete sich eine Stimme hinter ihm.

„Wie bitte?", fragte Peer irritiert und drehte sich um. Kapitän Andersen stand hinter ihm.

„Vielen Dank, für Ihre Worte. Ich werde mein Bestes tun, um sie zu erfüllen", entgegnete der Kapitän und begleitete Peer hinauf zu den oberen Decks.

„Da bin ich sicher, Käpt'n." Der Sicherheitsoffizier wirkte angespannt, doch ehe Kapitän Andersen fragen konnte, ob alles in Ordnung war, hatten sie die Brücke erreicht. Am gestrigen Tag, als die *Diamond Lady* den Nord-Ostsee-Kanal passiert hatte, hatte Kapitän Andersen den Inhaber der Mancini-Reederei, Claudio Mancini, durch das Schiff geführt und ihm alle Neuerungen gezeigt. Bei einem gemeinsamen Essen, zu dem auch der General Manager Frank Ehring gestoßen war, war die Sprache schließlich auf den vorigen Kapitän Hartmut Berger gekommen. Bis dahin war das Gespräch eher um die *Diamond Lady* gegangen und nur so dahingeplätschert.

„Hartmut hat sich bei mir gemeldet", begann Claudio Mancini.

„Ach so?", fragte Kapitän Andersen überrascht. Als sein Gegenüber nicht weitersprach, sagte der Kapitän: „Die Umstände, unter denen Kapitän Berger das Schiff verlassen hat, sind äußerst rätselhaft. Die Crew und ich sind noch immer nicht informiert, was vorgefallen war."

„Ich weiß Robert, und es tut mir leid, Sie in diese Lage zu bringen. Hartmut und ich kennen uns schon sehr lange, ich wollte ihn nicht drängen. Er hat sich krankschreiben lassen, doch nun hat er angekündigt, dass er mir Anfang der nächsten Woche bei einem

Treffen alles erzählen möchte. Sobald ich alles weiß, würde ich mich bei Ihnen beiden melden. Ich kann Ihnen nur so viel sagen, dass Hartmut seit einem Unfall, der auf einem Pier nach einer Reise passiert ist, nicht mehr derselbe war." Claudio Mancini hatte an seinem Wein genippt. Er war nicht mehr der Jüngste und diese Angelegenheit schien ihn sehr stark zu belasten. „Ich hoffe, Sie verzeihen mir, dass ich Ihnen dies abverlange, aber bitte geben Sie mir noch Zeit, bis ich mit Hartmut sprechen konnte. Ich bin sicher, dass er Licht in dieses Dunkel bringen kann." Was blieb dem Kapitän und auch dem General Manager übrig, als zu warten. Vielleicht wusste Frank auch mehr als er selbst. Doch Robert Andersen war klar, dass man manchmal Dingen auch ihre Zeit geben musste.

Der Steuermann und die Offiziere waren bereit zum Ablegen. Der Kapitän sah hinaus. Der Hamburger Hafen: Hier begannen und endeten so viele Fahrten. Ein Knotenpunkt der Schifffahrt und eine Herausforderung der Logistik. Der Kapitän mochte diesen Hafen gerne. Von hier hatten seine Weltreisen begonnen. Zum ersten Mal nun startete er eine Reise mit der *Diamond Lady* von diesem Hafen. Die Stimmung unter den Kollegen war gut. Der Staff-Kapitän betrat die Brücke und grüßte mit einem knappen Nicken. Offizier Peer Ehrenberg blickte kaum hoch. Irgendwie schienen beide Männer ziemlich angespannt. Noch immer vermutete der Kapitän, dass die zwei auch mehr über das plötzliche Verschwinden des vorigen Kapitäns wussten. Bis jetzt hatte er die Strategie verfolgt, die beiden Männer nicht zu drängen. Ihren Dienst erledigten beide außerordentlich sorgfältig. Bei den Kollegen auf der Brücke und der restlichen Crew waren Peer und Christian sehr angesehen, wie der Kapitän mitbekommen hatte. Nur sein eigenes Gefühl warnte ihn. Von dem General Manager Frank Ehring wusste er, dass es Dinge gab, die noch nicht ausgesprochen worden waren, doch Frank war sich im selben Atemzug auch sicher, dass es nichts mit der Sicherheit des Schiffes zu tun hatte. Was sollte es dann sein? Etwas mehr als eine Lappalie und die beiden Männer deswegen zurechtzuweisen, kam ihm übertrieben vor. Schließlich konnte er sich auch erst seit etwas mehr als einer Woche Kapitän der *Diamond Lady* nennen. Sobald sie sich alle besser kennen würden und das Vertrauen groß genug war, würde es einfacher werden, Probleme anzusprechen.

„Na dann, meine Herren. Ich würde sagen, lassen wir diese Reise beginnen." Die Offiziere lächelten und nickten zustimmend.

*

Jakob und Anton standen an Deck. Trotz des leicht einsetzenden Regens waren sie nicht die Einzigen, die sich das Ablegen des Schiffes unter freiem Himmel nicht entgehen lassen wollten. Es war bereits kurz nach achtzehn Uhr abends.

„Das ist schon der Hammer, wie die millimetergenau mit dem Schiff manövrieren können", bemerkte Jakob und lehnte sich ein Stück über die Reling. Die Pier entfernte sich parallel zum Schiff.

„Hättest du eher so etwas lernen wollen?", fragte Anton und wies auf die Glasfront der Brücke. In der dunkler verglasten Brückennock konnten sie einen, in Uniform gekleideten Mann erahnen, der das Schiff vermutlich steuerte.

„Nein, lieber nicht. Ich finde es ganz interessant, wegen der Technik und allem. Wenn ich mir nur vorstelle, wie viele Kabel hier verlegt sind. Es ist sicher faszinierend, aber tauschen möchte ich mit keinem von den Offizieren und Steuermännern."

„Ich hätte dich in meiner Vorstellung eher im Maschinenraum gesehen", erwiderte Anton.

„Im Maschinenraum?! Niemals, wie bei der Titanic, oder?! Ganz unten im Schiffsbauch und wenn etwas passiert, ist man der Erste, der umkommt."

„Ich glaube, das ist heute ganz anders", bemerkte Anton und blickte zum Pier, der nun immer kleiner wurde.

„Aber der Kapitän von so einem Schiff zu sein", begann Jakob, „das stelle ich mir schon echt edel vor. Die ganze Zeit durch die Gegend laufen. Mit Leuten ratschen, Kaffee trinken."

„Ich glaube, so entspannt ist es nicht", widersprach Anton sofort. „Als Kapitän bist du ja für alles verantwortlich."

„Ach komm, da ist man doch nur der Grüßaugust, mehr nicht. Wie die Queen in England."

„Das glaube ich nicht, da wette ich was mit dir."

„Wir können ja Juliane fragen, die weiß es sicher. Dann können wir sehen, wer recht hat", entgegnete Jakob. Bevor Anton darauf etwas sagen konnte, klingelte sein Smartphone. Es war seine Mutter. Da Antons Eltern sich zwar immer vornahmen, einmal außerhalb von Deutschland und Italien Urlaub zu machen, es aber eigentlich nie taten, war seine Mutter immer ziemlich nervös, wenn ihr Sohn auf Reisen ging.

„Anton, wie geht es euch, wo seid ihr gerade?", begann sie, sobald er sich gemeldet hatte. Manchmal schien sie zu vergessen, dass er und Jakob keine neun mehr waren, sondern bereits siebenundzwanzig. Aber er wollte mit ihr darüber jetzt nicht diskutieren. Es war in gewisser Hinsicht ja auch schön, dass sie sich nach wie vor um ihn und Jakob sorgte.

„Uns geht es gut, Mama. Wir stehen gerade an Deck und das Schiff hat vor ungefähr zehn Minuten abgelegt."

„Danke für die Fotos. Wir haben sie schon gemeinsam angeschaut, aber du kennst ja deinen Vater, Anton. Wir werden vermutlich nie eine Kreuzfahrt machen." Im Hintergrund hörte Anton seinen Vater rufen: „Ach geh, bloß an mir liegt das aber nicht, Ilse, du kannst dich auch nicht dazu durchringen, dass wir so eine Reise buchen. Du sagst immer, lass uns noch eine Nacht drüber schlafen."

„Ich bin halt ein vorsichtiger Mensch, Georg", erwiderte Antons Mutter an ihren Mann gewandt. Anton hatte das Gefühl, er würde bei ihnen im Wohnzimmer stehen. Er konnte sich das Bild vor seinem inneren Auge vorstellen. Der Vater lag auf der Couch und sah die Abendschau, und die Mutter stand mit dem Telefon in der Hand vor ihm und sah mit diesem skeptischen Gesichtsausdruck zu ihrem Mann.

„Mama, ich bin noch dran, wolltest du mir noch etwas sagen?", fragte Anton nach.

„Ich wollte nur kurz anrufen, um zu fragen, ob alles geklappt hat, mit dem Zug bis nach Hamburg."

„Ja, der Zug war pünktlich und es war alles super. Unsere Kabine hier auf dem Schiff ist auch sehr schön, da schicke ich euch später noch ein Foto." Seine Mutter sagte etwas, doch er konnte sie nicht verstehen, denn das Schiffshorn der *Diamond Lady* ertönte drei Mal.

„Was war denn das?", fragte Ilse Hofbichler ihren Sohn irritiert.

„Das war das Schiff", entgegnete Anton und lachte.

„Ich sehe schon, ich muss mir um dich und Jakob keine Sorgen machen."

„Nein, Mama, musst du nicht", beschwichtigte Anton und versuchte, das Gespräch zu einem Ende zu bringen. Er liebte seine Mutter, doch sie liebte es, zu reden und stundenlang zu telefonieren, und so schnell würde er dann nicht mehr auflegen können.

„Ich melde mich dann die Tage wieder bei euch." Vielleicht würde er ihr dann auch erzählen, dass Juliane an Bord war. Seine Juliane, die erste große Liebe seines Lebens.

„Sag deinen Eltern einen schönen Gruß", flüsterte ihm Jakob zu, der soeben ein paar Fotos machte.

„Von Jakob soll ich euch schöne Grüße ausrichten, ich melde mich die Tage wieder. ... Ja, ich sag ihm auch liebe Grüße von euch. ... Wir passen auf, versprochen. ... Machs gut." Anton legte auf.

„Oh Mann, manchmal habe ich das Gefühl, sie meint, wir machen eine Expedition in die Arktis. Das ist nur eine Kreuzfahrt."

„Aber deine Eltern kommen halt, bis auf einmal Italien im Jahr, nie raus. Für deine Mutter ist so eine Kreuzfahrt schon eine große Sache", gab Jakob zu bedenken.

„Stimmt schon, ich habe ja auch nichts dagegen, dass sie anruft, aber manchmal ist es ein bisschen übertrieben. Hast du eigentlich mal etwas von deinen Eltern gehört?", fragte Anton an Jakob gewandt. Jakob zuckte nur die Achseln.

„Nein, seit ungefähr einem Jahr habe ich jetzt gar keinen Kontakt mehr zu ihnen."

Anton sah Jakob überrascht an. „Stört dich das nicht?"

„Ach quatsch, die interessieren sich nicht für mich und mir ist auch egal, was sie so machen. Jeder lebt sein Leben weiter. Du kennst sie doch. Was verliere ich denn, wenn ich gar keinen Kontakt mehr habe?"

„Ich finde es einfach schade."

„Finde ich nicht. Ich glaube, dass deine Eltern mich besser kennen, als meine Eltern."

Anton dachte einen Augenblick nach. „Ja, das denke ich auch."

„Manche Leute sind eben herzlicher, so wie deine Eltern und andere eben nicht. Ende der Geschichte." Jakob schien das Thema beenden zu wollen, doch eine Frage hatte Anton noch.

„Und wieso hast du seit ungefähr einem Jahr gar keinen Kontakt mehr? Das hast du mir nicht erzählt."

„Ich habe doch seit einem Jahr eine neue Handynummer. Die habe ich meinen Eltern nicht gegeben. Auf den einen Anruf pro Jahr zum Geburtstag kann ich verzichten." Jakob schüttelte die Arme aus. „So, ich habe Hunger und mir ist kalt. Lass uns reingehen." Anton wusste nicht, ob er an Jakobs Stelle einfach so den Kontakt hätte abreißen lassen können. Für ihn war seine Familie mehr als wichtig. Doch vermutlich war es für Jakob so besser.

*

Rebecca öffnete ihre Bürotür. Sie schaltete das Licht an, schloss die Tür hinter sich und atmete hörbar aus. Fast wäre sie zu spät gekommen. Die letzten zwei Tage waren recht mühsam gewesen. Die Reederei hatte in Bremerhaven ein Meeting anberaumt. Sie hatte Frank Ehring vertreten, weil Claudio Mancini sich spontan angekündigt hatte und Frank auf dem Schiff sein wollte, wenn der Reederei-Chef schon einmal auf die *Diamond Lady* kam. Daher hatte Rebecca angeboten, dass sie ihn bei dem Meeting vertreten konnte. Leider hatte sich dieser Termin zeitlich als äußerst stressig erwiesen. Nur mit einiger Anstrengung war sie noch rechtzeitig angekommen, um das Ablegen der *Diamond Lady* nicht zu verpassen. Rebecca legte ihre Tasche mit ihren Notizen und Arbeitsunterlagen auf den Schreibtisch. Wenn sie es nicht geschafft hätte, wäre ihr nichts anderes übrig geblieben, als im nächsten Hafen zuzusteigen. Die *Diamond Lady* würde nicht auf sie warten. Rebecca beschloss, erst den Inhalt ihrer Tasche aufzuräumen, danach wollte sie eine Kleinigkeit essen, sie war den ganzen Tag noch nicht dazu gekommen.

In der Offiziersmesse saß niemand und auch in der Crew-Messe war um diese Tageszeit nicht viel los.

Rebecca sah sich um und sah ihre Schwester Cassandra, die ihr zuwinkte.

„Hallo Schwesterherz, wieder zurück? Setz dich doch zu uns." Uns, das waren in diesem Fall Natascha von der Rezeption, ein Mechaniker, der, wie sich Rebecca meinte zu erinnern, Tibor hieß und natürlich Jan Seeger, Cassandras guter Freund. Ob er auch ihr fester Freund war, konnte Rebecca nicht sicher sagen. Sie ließ sich auf der Bank neben ihrer Schwester nieder.

„Ist das alles, was du isst?", fragte Cassandra anhand des kleinen Salates, den sich Rebecca genommen hatte.

„Mehr Hunger habe ich nicht."

„Kein Wunder, dass an dir so wenig dran ist", meinte Cassandra nur, sah aber besorgt zu Rebecca, die in ihrem Kostüm stets wie aus dem Ei gepellt wirkte. Von dem ordentlichen Dutt, über ihr Gesicht, das wie immer makellos geschminkt war und sie älter wirken ließ, als sie tatsächlich war, bis hin zu den hohen Schuhen. Cassandra war, wie so oft, überrascht, wie wenige Ähnlichkeiten sie und Rebecca hatten. Doch sie verstanden sich dennoch die meiste Zeit sehr gut.

Rebecca lauschte auf das, was Cassandra ihr alles zu erzählen hatte. Ihre kleine Schwester war wie immer bestens informiert und wusste fast über alles, was an Bord vorging, Bescheid.

Als Rebecca, Cassandra und die anderen die Crew-Messe verließen, trafen sie auf den Kapitän.

„Habt ihr beiden Lust, dass wir in Amsterdam einen kleinen Ausflug machen?", fragte er sie.

„Ja klar", stimmte Cassandra bereitwillig zu.

„Ich habe schon etwas vor", erwiderte Rebecca entschuldigend. Sie verabschiedete sich von ihrem Vater und ihrer Schwester und machte sich auf den Weg zu ihrer Kabine.

„Müsstest du nicht eigentlich schon oben sein, Käpt'n, beim Dinner?", fragte Cassandra ihren Vater.

„Ich habe noch eine halbe Stunde. Da dachte ich, ich schau mal, ob ich einen von euch beiden hier sehe. Freut mich, dass du in Amsterdam Zeit hast, Cassandra."

„Ich freue mich auch, Papa. Bis dann."

*

Juliane kam in den Saal. Sie trug ein dunkelrotes Abendkleid. Das Mieder und die halblangen Ärmel waren aus zarter Spitze. Der Rock war aus elegantem Chiffon und ging bis auf den Boden. Anton war von seinem Stuhl aufgesprungen, in dem Moment als Juliane den Saal betreten hatte. Jakob sah ihn irritiert an. Juliane kam direkt auf ihren Tisch zu.

„So schnell sehen wir uns wieder", sagte sie lächelnd. Anton brachte kein Wort heraus. Juliane sah aus wie eine Prinzessin. Sie war wunderschön. Ihre dunklen Haare trug sie hochgesteckt und an ihren Ohren funkelten längliche silberne Ohrringe.

„Juliane, du siehst großartig aus", entgegnete Anton. Er schob Juliane ihren Stuhl zurück, sodass sie sich leichter setzen konnte.

„Danke", murmelte Juliane geschmeichelt und sah kurz zu Boden. Dass Anton noch immer diese Wirkung auf sie hatte.

„Schön, dass wir Tischnachbarn sind", erwiderte Jakob mit einem breiten Grinsen.

„Mich freut es auch", sagte Juliane strahlend.

Kapitän Robert Andersens Blick wanderte durch den Saal und fiel schließlich auf Juliane. Sie saß an einem Tisch mit zwei Männern, etwa in ihrem Alter. Der Kapitän bezweifelte nicht, dass Juliane in ihrem wunderschönen Kleid, den beiden gehörig den Kopf verdrehen würde.

„Liebe Gäste, ich möchte Sie alle noch einmal herzlich auf unserem Schiff, der *Diamond Lady*, willkommen heißen. Das Wetter hat sich heute bei unserer Abreise in Hamburg zwar nicht von seiner besten Seite gezeigt, in den kommenden Tagen soll es aber aufklaren. Wir haben eine wunderschöne Reiseroute vor uns, die uns in sechs verschiedene Länder und acht ganz unterschiedliche Städte bringen wird. Ich wünsche Ihnen schon jetzt viele interessante Eindrücke auf dieser Reise. Jede Reise, die sie machen, ganz gleich ob, wie Sie, mit dem Schiff, bietet Ihnen nicht nur die Möglichkeit, neue Kulturen und andere Lebensarten kennen zu lernen. Mit jeder neuen Reise werden Sie sich selbst besser kennen lernen. Dafür müssen Sie allerdings offen für Neues sein. Manchmal ist nicht alles traumhaft, was man entdeckt. Doch jeder Moment ist kostbar und einzigartig. Nun möchte ich Sie aber nicht länger von Ihrem ersten Dinner hier auf der *Diamond Lady* abhalten und wünsche Ihnen allen einen guten Appetit."

Die Gäste hoben ihre Gläser und helles Klirren war zu hören, als einige mit ihren Tischnachbarn auf eine wunderschöne Reise anstießen. Auch am Tisch von Juliane, Jakob und Anton stießen sie zur Feier des Tages mit den Gläsern an. Auf dass sie sich hier getroffen hatten. Anton warf Juliane über das Glas hinweg einen langen, intensiven Blick zu und Juliane erwiderte diesen. Sie dachte daran, was wohl diese Reise für sie noch bereithalten würde? Zum einen den Abschied von liebgewonnenen Kollegen. Zum anderen aber auch einen möglichen Neuanfang – vielleicht, wenn es das Schicksal so wollte, an Antons Seite?

*

Der nächste Tag war ein kompletter Seetag zur Entspannung. Die Sonne hatte sich nicht lange bitten lassen. Jakob und Anton beschlossen die nächsten Stunden relaxend am Pool zu verbringen. Zu Antons großer Freude sahen sie, kaum nachdem sie das Lido-Deck erreichten, ein bekanntes Gesicht. Juliane lag auf einer der Liegen. Sie trug einen blau-roten Bikini. In der Sonne war es in dem windgeschützten Bereich bei den unteren Liegen angenehm warm. Auch Jakob hatte Juliane erspäht.

„Hey, Juliane, na entspannst du dich?", fragte er. Juliane nahm ihre Sonnenbrille ab und sah zu Anton und Jakob.

„Guten Morgen, ja, ein bisschen braun werden, bevor es in zwei Wochen weiter geht im neuen Job."

„Ist neben dir noch frei?", fragte Anton und wies auf die Liege neben Juliane.

„Sicher." Juliane lächelte ihn an und Anton meinte zu spüren, dass sie ihn tatsächlich öfter ansah als Jakob. Das war er nicht gewohnt und er hoffte, dass er es sich nicht einfach nur einbildete, weil er es sich so sehr wünschte.

„Ist das eigentlich eure erste Kreuzfahrt?", fragte Juliane schließlich.

„Ja, ich wollte eigentlich weiter weg, nach Dubai oder Thailand, aber unser Angsthase hier wollte in der Nähe bleiben", erwiderte Jakob sofort und zog sich sein T-Shirt aus. Anton mochte es nicht, wenn sich Jakob so wichtig machte und ihn bei anderen wie das komplette Landei darstellte.

„Dubai fände ich schon auch interessant, aber mir hat diese Route einfach besser gefallen. Und nach Thailand zieht es mich einfach nicht", versuchte sich Anton zu rechtfertigen.

„Mich auch nicht", stimmte ihm Juliane zu, „aber Dubai ist wirklich richtig schön. Ich war vor ungefähr fünf Monaten dort. Es ist eine ganz andere, eigene Welt. Einfach gigantisch. Das müsst ihr euch wirklich einmal anschauen." Juliane erzählte von ihren Reise-erinnerungen und Anton hätte ihr stundenlang zuhören können.

Jakob wurde es irgendwann zu fad. „Kommt ihr mit in den Pool?"

„Ich wollte mich erst noch ein bisschen sonnen", lehnte Juliane freundlich ab.

„Später vielleicht", meinte Anton ausweichend zu Jakob. Dieser zuckte die Achseln.

„Okay", sagte er und zog los. Kaum einen Augenblick später sah Anton seinen Kumpel neben einer hübschen blonden Frau stehen. Wie schaffte das Jakob nur immer?

„Und dir gefällt dein Job?", fragte Juliane ihn.

„Ja, sehr. Inzwischen hat mein Vater auch akzeptiert, dass ich kein Elektriker werde und gerne bei uns im Büro arbeite. Ich bin die Telefonzentrale, für die Lohn- und Betriebsbuchhaltung verantwortlich, bestelle Büromaterial. Dann bin ich für den Fuhrpark zuständig, wann welches Auto zum TÜV oder in die Werkstatt muss, alles was so anfällt. Es wird nicht langweilig."

„Klingt vielfältig. Und was macht Jakob?"

„Er ist einer unserer besten Elektriker. Aber sag ihm das bloß nicht. Er ist sowieso schon selbstbewusst genug", sagte Anton grinsend. Juliane lachte.

„Ich weiß, was du meinst. Jakob ist so, wie er schon immer war. Mich wundert es, dass ihr zwei so gut befreundet seid."

„Echt? Wieso?", fragte Anton überrascht.

„Na, ihr seid total unterschiedlich. Jakob ist ...", begann Juliane und sie merkte, dass dies ein heikles Thema war. Es gab nichts, was sie sagen konnte, ohne den jeweils anderen zu beleidigen.

„Ich weiß schon, was du sagen willst. Er sieht gut aus, weiß immer was zu erzählen, ist sportlich, hat vor nichts Angst ...", zählte Anton spontan auf, doch er klang nicht im Geringsten gekränkt oder unglücklich. „Das weiß ich schon, Juliane, das hat mich als Jugendlicher mehr gestört."

„Ich meinte eigentlich eher, dass Jakob ein bisschen oberflächlich ist und du warst schon immer interessiert an deinem Gegenüber und das hat mir schon in der Schule so gut gefallen." Juliane merkte, dass sie rot wurde, als sie dies sagte. Anton war einen Augenblick zu verblüfft, um sofort etwas darauf zu sagen, doch dann hatte er sich bald wieder gefangen.

„Danke, Juliane. Du machst mich ein bisschen verlegen", erwiderte er und merkte ebenfalls, wie ihm warm wurde.

„Hey ihr zwei, ihr solltet auch ins Wasser gehen, ihr seht aus, als ob euch ziemlich warm ist", begrüßte Jakob sie. Er trocknete sich ab und fuhr sich mit der rechten Hand durch die nassen Haare.

„Ich geh zur Bar und werde was mit Sonja trinken."

„Wer ist Sonja?", fragte Anton.

„Die Blonde da vorne", sagte Jakob und winkte ihr kurz zu. Die hübsche blonde Frau von vorhin winkte zurück und lächelte.

„Bis später", verabschiedete sich Jakob und ließ Juliane und Anton wieder alleine.

„Wie gesagt, ihr seid einfach sehr verschieden, mehr nicht", griff Juliane das Thema wieder auf.

„Ja, ich weiß, Jakob hat eine große Klappe, aber er ist für mich wie mein Bruder. Wir waren schon im Kindergarten die besten Freunde und sind quasi zusammen aufgewachsen, weil Jakob als Kind eigentlich mehr bei uns als bei sich zu Hause war. Seine Eltern waren aus beruflichen Gründen nur selten daheim."

„Ach so, na dann, wenn es für deine Eltern okay war."

„Du kennst sie ja, die stört es nicht. Im Gegenteil, mein Vater war froh, dass sich zumindest einer für elektrische Themen begeistern lässt, wenn schon nicht ich."

„Das ist wirklich ein Vorteil für alle Seiten. Wie geht es deinen Schwestern?" Anton hatte zwei jüngere Schwestern. Emma und Carina waren Zwillinge und sich auch jetzt mit ihren siebzehn Jahren noch immer sehr ähnlich.

„Gut, zu Hause wirst du sie kaum sehen. Sie sind entweder in der Schule, danach im Stall bei den Pferden und dann arbeiten sie noch ehrenamtlich im Tierheim. Die zwei wollen wahrscheinlich Tiermedizin in München studieren. Sie machen nächstes Jahr ihr Abitur. Da fällt mir ein, an die beiden muss ich auch noch ein paar Fotos schicken, sonst bekomme ich den vorwurfsvollen Blick. Und das im Doppelpack." Juliane musste lachen.

„Freust du dich, wieder nach Hause zu kommen? Ziehst du wieder bei deinen Eltern ein?", fragte nun Anton, weil er das Gefühl hatte, zu viel von sich zu erzählen.

„Ja und ja", antwortete Juliane und lachte. „Ich freue mich wirklich auf Oberwaibach. Ob ich mir sofort eine eigene Wohnung suche, weiß ich noch nicht. Ich schau jetzt erst einmal, ob es mir in dem Kurzentrum gefällt. Aber wenn es mir gefällt, suche ich mir eine kleine Wohnung."

„Klingt großartig. Ich hoffe wirklich, dass dir deine neue Arbeit dort Spaß macht. Es ... es ist schön, dass du wieder nach Hause kommst", entgegnete Anton und er merkte, dass er es genauso meinte. Er freute sich so sehr, dass Juliane wieder in seiner Nähe sein würde. Bevor Juliane etwas darauf erwidern konnte, kam Jakob zu ihnen, gefolgt von der blonden Frau, die er ihnen als Sonja vorstellte.

*

Peer schaute schon seit geraumer Zeit auf eine Liste, ohne wirklich viel zu erkennen. Rebecca hatte ihn vorhin an den gemeinsamen Ausflug nach Amsterdam erinnert. Unter anderen Umständen hätte er sich auf den morgigen Tag gefreut, doch so? Zu viele Gedanken gingen ihm durch den Kopf, sodass er kaum einem davon richtig folgen konnte. Der Entscheidung, die Christian von ihm forderte, war er bis jetzt aus dem Weg gegangen. In solchen Momenten hatte Peer auch das Gefühl, dass seine alte Sportverletzung in der Schulter mehr schmerzte als sonst. Er rieb sich über die Schulter und stierte weiterhin auf die Liste, die er von dem Chief Engineer Pawel Tarassow bekommen hatte.

„Alles in Ordnung?", unterbrach der Vize-Kapitän seine Gedanken.

„Was? Ja, klar", sagte Peer sofort und sah zu Christian. „Ich gebe dir morgen Bescheid." Christian würde schon verstehen, was er meinte. Sein Kollege nickte. Er hatte verstanden.

„Klar, aber deswegen frage ich nicht. Du wirkst abwesend, gedankenverloren."

„Du meinst *drömelig*?", fragte Peer grinsend.

„Den Ausdruck kenne ich nicht", erwiderte Christian lachend. Peer selbst kam aus der Gegend um Osnabrück, so viel wusste Christian. Peers Familie, oder wie Peer es immer aussprach, *Famielje*, lebte zum

Großteil auch jetzt noch dort. Den Urlaub verbrachten die Ehrenbergs immer in ihrem Ferienhaus an der Ostsee.

„Das sagen wir zu Hause immer, für tagträumerisch. Da gibt's in Bayern bestimmt ein anderes Wort für", meinte Peer. Christian überlegte kurz, dachte an seinen Dialekt, den er so selten benutzte.

„Meine Eltern würden vermutlich *dramhappert* dazu sagen", überlegte Christian laut. „Aber in der Regel ist es selten positiv gemeint." Bei Christian hörte man den Dialekt nur, wenn er von zu Hause sprach oder in den ersten Tagen nach seinem Urlaub, wenn er diesen bei seinen Eltern verbracht hatte. Peer hingegen fiel häufiger in seinen Heimatdialekt zurück, auch wenn er schon länger nicht mehr zu Hause gewesen war.

„Vermisst du deine Heimat eigentlich wirklich kaum?", fragte Peer. Schon öfter hatte er sich mit Christian über dessen bayerische Heimat unterhalten.

„Ich vermisse meine Mam und vielleicht auch meinen Vadda, aber den Hof, die Berge, das alles geht mir wirklich gar nicht ab. Es ist halt schwierig, wegen dem Hof, weil meine Eltern nur mich haben. Wenn ich Geschwister hätte, wäre die Situation bestimmt nicht so verfahren." Christian zuckte die Schultern und wollte das Thema nun beenden. Peer nickte daher nur und wandte sich wieder seiner Liste zu. Kapitän Andersen war dem Gespräch der jüngeren Kollegen mit einem Ohr gefolgt. Es war tatsächlich so, wie Juliane Gstattner es erzählt hatte. Der Staff-Kapitän Christian Roth schien viel eher ein Mensch des Meeres als der Berge zu sein. Er war ein ernster Mann, doch während seiner ganzen beruflichen Laufbahn hatte der Kapitän noch selten jemanden erlebt, der seinen Beruf so akkurat verfolgte wie sein Stellvertreter hier auf diesem Schiff. Sogar Claudio Mancini, der, zum Leidwesen des Kapitäns, leider häufig und ungerechtfertigt über junge Angestellte eine geringere Meinung hatte als über ältere Mitarbeiter, musste zugeben, dass er bis jetzt keine einzige Beschwerde, keine einzige negative Zeile über Christian Roth gehört oder gelesen hatte. Dem Kapitän war noch immer schleierhaft, was der Staff-Kapitän und Peer Ehrenberg auf dem Herzen hatten, aber es konnte tatsächlich nicht so gravierend sein, vermutete er. Kapitän Andersen hatte bereits am Vormittag eine Runde über das Schiff gemacht. Er war oft von den Passagieren angesprochen worden. Meistens wollten die Leute wissen, ob das Wetter so gut wie heute blieb. Das Einschiffen in Hamburg hatte zuerst vermuten lassen, dass das Wetter nicht so schnell aufklaren würde. Für den morgigen Ausflug nach Amsterdam sahen zumindest die Prognosen mehr als positiv aus. Der Kapitän freute sich schon jetzt, mit seiner jüngsten Tochter Cassandra einen kurzen Ausflug in die Stadt zu unternehmen.

*

„Es nervt einfach", bemerkte Anton und zog sich seinen Parka an.

„Wie hätte ich denn wissen können, dass sie einen Mann hat. Das musst du dir einmal vorstellen, Anton!? Mit dreiundzwanzig hat sie bereits einen Ehemann. Ich habe mir gestern echt gedacht, sie verarscht mich." Jakob lachte ungläubig auf.

„Das war echt knapp gestern." Anton und Jakob waren am gestrigen Abend in der Disco an Bord der *Diamond Lady* wieder auf Sonja getroffen. Juliane hatte gesagt, sie würde den Abend mit ihren ehemaligen Kolleginnen verbringen. Jakob und Sonja verstanden sich zuerst prächtig und Anton war sich, wie so oft, überflüssig vorgekommen. Gegen Mitternacht tauchte schließlich Sonjas Ehemann auf, der alles andere als begeistert davon war, dass seine Frau mit einem anderen Mann flirtete. Wie sich herausstellte, war Sonjas Ehemann, weil er Kopfschmerzen hatte, auf der Kabine geblieben. Sonja, sauer auf ihren Mann, hatte beschlossen, sich ohne ihn zu amüsieren. Jakob stand schließlich einem ziemlich eifersüchtigen und zornigen Typen gegenüber. Doch im Gegensatz zu Anton, der sich nicht vorstellen konnte, was er in so einer Situation gemacht hätte, blieb Jakob cool.

„Das müsst ihr beide untereinander ausmachen. Ich wusste nicht, dass sie verheiratet ist", hatte Jakob lediglich gesagt und die zwei stehen lassen.

„Ich meine nur, dass der Stress unnötig war", beharrte Anton. „Das hier soll doch schließlich ein entspannter Urlaub werden."

„Ein bisschen flirten ist ja das Entspannende. Dann mach halt auch ein Mädel an, hier laufen doch genug Hübsche herum!", erwiderte Jakob. Anton dachte sofort an Juliane. Nein, sie war viel zu wertvoll. Außerdem konnte Anton nicht so unverbindlich flirten, wie er das bei Jakob immer sah. Irgendwie schienen die Frauen schon immer zu wissen, dass es nichts Festes wurde, zumindest waren sie nie auf Jakob sauer. Wenn Anton einmal mit einer Frau versuchte zu flirten, wurde entweder nichts daraus oder sie plante bereits ihr gemeinsames Leben durch und sie verfluchte ihn, sobald er sagte, dass es für ihn nur etwas Unverbindliches war. Nein. Das würde er nicht machen.

„Ich habe keine Lust."

„Machen wir doch eine Wette, Anton. Wer mehr Mädels abschleppt, hat gewonnen. Der Verlierer zahlt alle Drinks, die auf die Zimmerkarte gebucht werden."

„Musst du aus allem immer ein Spielchen machen, Jakob?! Ich will das einfach nicht!" Anton sah Jakob wütend an.

„Okay, okay, schon gut, vergiss es. Dann nicht. Wir chillen, machen Sightseeing, aber in Lissabon gehen wir weg. Schauen in ein paar Clubs und Discos, in Ordnung?"

„Ja, so wie es ausgemacht war." Anton war noch immer ärgerlich auf Jakob. Manchmal verstand er seinen Kumpel nicht! Wieso musste Jakob aus allem immer einen Wettkampf machen? Juliane hatte schon recht, wenn sie sagte, dass Jakob und er sehr unterschiedlich seien und sie sich wunderte, warum sie beide trotzdem so gut befreundet waren. Doch Jakob war Anton in seiner Art so vertraut, wie ein Bruder. Es gab fast nichts, was sie vom jeweils anderen nicht wussten. Ohne Streit ging es doch auch in den meisten Familien nicht!

„Wenn ich in Lissabon eine abschleppe, bleibt dir ja immer noch ein Liegestuhl auf dem Sonnendeck", sagte Jakob und grinste lässig.

„Ach ja, und wenn ich eine abschleppe…"

„Dann wäre dies das erste Mal", witzelte Jakob über seinen Freund. „Außerdem willst du den Urlaub ja nicht mit Flirten verbringen, hast du selbst gesagt. Aber mir kannst du es nicht verbieten, Mann, bei den hübschen Mädels, die hier herumlaufen, wäre das auch echt eine Schande."

„Vielleicht erwischst du hoffentlich beim nächsten Mal eine, die nicht verheiratet ist. Das wäre schon mal etwas! Oder eine, die sich dann nicht bei mir ausheult, wenn du die Nächste am Start hast."

„Ach komm, Anton, so ist das gar nicht", rechtfertigte sich Jakob.

„Echt? Darf ich dich an Sandy vom letzten Mallorca-Urlaub erinnern? Oder Marina aus der Toskana? Ich durfte mir jedes Mal anhören, dass sie sich so in dich verliebt hätten und du ihre große Liebe wärst."

„Gut, das war vielleicht nicht ganz gerecht, dass du das alles abbekommen hast", gab Jakob zu. Seine Stimme klang ernst. „Ich versuche mich zu bessern und du hast definitiv was gut bei mir."

„Ich erinnere dich daran."

Jakob wusste genau, in welche Situationen er Anton hin und wieder brachte. Meistens hatte er auch ein schlechtes Gewissen deswegen, schließlich gab es niemanden in seinem Leben, dem er so vertraute wie Anton. Da seine Eltern nicht die Herzlichsten waren und er keine Geschwister hatte, war Anton für ihn wie der Bruder, den er nie gehabt hatte und gleichzeitig sein bester Freund. Es gab nichts, was Anton nicht wusste. Nichts was Jakob dauerhaft vor ihm geheim hielt. Niemand kannte ihn so gut wie Anton. Umso mehr war es Jakob sehr wichtig, seinen Kumpel nicht dauerhaft zu verärgern. Sie machten sich auf zu ihrem ersten Landausflug nach Amsterdam.

*

„Heute war deine Ansprache sehr informativ“, sagte Cassandra zu ihrem Vater, als sie die *Diamond Lady* verließen. „Ich wusste gar nicht, dass die Kanäle, die sich durch Amsterdam ziehen, auch als Grachten bezeichnet werden. Den Begriff hatte ich zwar schon einmal gehört, aber ich habe mir keine weiteren Gedanken dazu gemacht.“ Sie fuhr sich durch die lockigen blonden Haare. Das Wetter zeigte sich, anders als vor zwei Tagen, von seiner schönen Seite.

„Es ist gar nicht so einfach, sich bei jeder Stadt etwas Interessantes einfallen zu lassen, was ich den Passagieren sagen könnte. Aber nachdem ich schon mehrere Male in Amsterdam war, kamen die Worte heute fast von selbst“, gab der Kapitän zu. Auch er genoss das schöne Wetter. Vom Hafen in die Innenstadt konnten sie bequem zu Fuß gehen. Cassandra erzählte ihm von ihren Erlebnissen der letzten Tage. Sie ging in ihrer Arbeit, im Animationsteam für die Kleinsten an Bord, richtig auf.

„Und weißt du, was ich heute von einem Mädchen gefragt worden bin, Papa? Die Kleine wollte wissen, wo die Crew in der Nacht ist. Ich habe ihr erzählt, dass wir an Bord auf den unteren Decks unsere Kabinen haben. Sie war total erstaunt. Ich glaube, das konnte sie sich gar nicht vorstellen.“

„Da ist sie sicher nicht die Einzige.“

„Das glaube ich auch. Ich konnte mir als Kind auch nicht vorstellen, wo die ganzen Leute, die zur Besatzung gehören, während der Fahrt wohnen. Na ja, jetzt weiß ich es, jetzt gehöre ich selbst dazu."

„Was möchtest du denn unternehmen?", fragte der Kapitän. „Sollen wir einfach durch die Innenstadt bummeln und später einen Kaffee trinken gehen?"

„Das klingt großartig", stimmte Cassandra begeistert zu. „Nach dem schlechten Wetter vorgestern möchte ich gerne so viel wie möglich draußen bleiben." Sie schlenderten durch die historische Altstadt aus dem 17. Jahrhundert. Es gab viele faszinierende Geschäfte. In den Grachten waren einige Hausboote befestigt und die bezaubernden Patrizierhäuser gaben Amsterdam einen fast schon heimeligen Flair. Bald fanden sie ein einladendes Café und setzten sich davor an einen Tisch.

„Was hast du dir dort vorne in dem Geschäft gekauft?", fragte der Kapitän seine Tochter.

„Ein paar Ohrringe. Eine Kollegin von mir hat ganz ähnliche und die hat sie auch in Amsterdam gekauft. Sie hat mir das Geschäft beschrieben und gemeint, die wären gar nicht so teuer. Waren sie auch wirklich nicht. Schau", sagte Cassandra und hielt sich die bunten großen Kreolen an die Ohren.

„Die sehen wirklich schön aus."

„Danke, Papa. Ich habe auch noch ein paar für Rebecca gekauft. Bis zu ihrem Geburtstag ist zwar noch eine Zeit hin, aber ich schenke ihr gerne immer viele Kleinigkeiten. Letztes Jahr habe ich diese dann alle einzeln verpackt und in ihrem Büro versteckt. Hinter den Ordnern, in den Schubladen, unter der

Tastatur. Ich glaube, ein Geschenk hat sie erst vor kurzem entdeckt, es war einfach zu gut verborgen", erzählte Cassandra lachend. Der Kapitän musste ebenfalls lächeln.

„Wie hast du das angestellt? Hast du sie aus dem Büro gelockt?"

„Fast. Ich habe Frank und Peer in meinen Plan eingeweiht. Frank hat mir den Schlüssel gegeben, damit ich ins Büro komme, während Rebecca mit Peer beim Mittagessen war. Ich habe schon einige Zeit gebraucht, um alles zu verstecken und das Zimmer auch ein bisschen zu dekorieren. Aber es hat alles gut geklappt. Ich glaube, dass mache ich zu ihrem nächsten Geburtstag wieder." Cassandra trank einen Schluck von ihrem Cappuccino. „Ich glaube, sie würde sonst gar nicht feiern und das geht einfach nicht, finde ich. Sie freut sich auch immer sehr darüber, das sehe ich ihr an."

„Da bin ich mir auch sicher", stimmte der Kapitän seiner Tochter zu.

„Ich habe vorgestern übrigens mit Tante Vera telefoniert", verkündete Cassandra. Vera war die ältere Schwester des Kapitäns und er vermisste sie sehr. „Sie sagt, sie möchte uns demnächst einmal auf dem Schiff besuchen. Am besten zusammen mit Hanna und Sofia. Ist das nicht toll? Sie schauen gerade, welche Reise ihnen am besten gefällt." Dem Kapitän gefiel die Aussicht, dass seine mittlere Tochter und seine kleine Enkeltochter Sofia ebenfalls mit von der Partie wären. Sicher würden sie eine schöne Zeit an Bord des Schiffes haben.

„Das wäre wirklich schön, wenn wir alle zusammen hier wären. Aber sag, Cassandra, warum will Karsten denn nicht mitfahren?" Karsten Lehmann war sein Schwiegersohn und der Mann von Hanna. Der Kapitän hatte bereits bei den letzten Telefonaten mit seiner Tochter den Eindruck gewonnen, dass es um Hannas Ehe nicht zum Besten stand. Als er nun Cassandras bedauernden Gesichtsausdruck sah, fühlte er sich in seiner Befürchtung bestätigt.

„Ganz ehrlich Papa, ich habe den Verdacht, dass es zwischen Hanna und Karsten zurzeit nicht so gut läuft, aber sie will auf keinen Fall darauf angesprochen werden, das habe ich bei ihrem letzten Anruf gemerkt." Der Kapitän nahm gedankenverloren einen Schluck von seinem Kaffee. Das waren wirklich keine schönen Neuigkeiten. Aber vielleicht schafften sie es, sich wieder zusammenzuraufen.

Als sie schließlich wieder zurück zum Schiff gingen, sahen Cassandra und der Kapitän, Rebecca und Peer Ehrenberg. Kapitän Andersen warf den beiden einen kurzen Blick zu. Der erste Offizier und Rebecca sprachen anscheinend über etwas Wichtiges, denn sie schienen nichts um sich herum wahrzunehmen. Sie saßen in einiger Entfernung auf einer Bank in der Sonne. Sie unterhielten sich, doch Rebecca wirkte nachdenklich, das konnte der Kapitän selbst aus dieser Entfernung erkennen.

„Junge Liebe", sagte Cassandra theatralisch und legte in einer übertriebenen Geste eine Hand auf ihr Herz. „Aber ich finde, sie würden großartig zusammenpassen", wurde sie sogleich ernst.

„So? Findest du?", fragte der Kapitän und sah noch einmal zu ihnen hinüber. „Ja, wieso eigentlich nicht?"

„Weil Rebecca einfach zu lange zögert und sich den Satz: *Wir sind nur Freunde*, wie ein Mantra ständig vorsagt, sodass sie es bald selbst glaubt." Darauf entgegnete Kapitän Andersen nichts, doch er vermutete ebenfalls, dass Rebecca für Peer Ehrenberg mehr empfand, als sie stets zugab, doch es war ihre Sache. Seine älteste Tochter war erwachsen genug.

*

„Das Wetter bleibt hoffentlich während all unserer Landausflüge so gut", bemerkte Jakob. Seine Jacke hatte er, genauso wie Anton seinen Parka, ausgezogen. Sie gingen soeben zur *Diamond Lady* zurück.

„Das hoffe ich auch, aber wir fahren ja immer weiter in den Süden", sagte Anton und erblickte wenige Meter vor sich Juliane, die mit ihrer ehemaligen Kollegin Natascha, wohl ebenfalls einen Ausflug gemacht hatte.

„Juliane!", rief Jakob, der sie ebenfalls erkannt hatte. Juliane drehte sich zu ihnen um. Sie lächelte, als sie sie erblickte und blieb stehen. Natascha ebenso.

„Hallo, na, habt ihr Amsterdam unsicher gemacht?", fragte Juliane.

„Natürlich, du kennst uns ja", entgegnete Jakob. „Und ihr wart auf Shopping-Tour?"

„Ja, ich kaufe auf dieser Reise noch ein paar Andenken für meine Eltern ein. Ganz mit leeren Händen möchte ich nicht zurückkommen." Mit einem wehmütigen Blick zu Natascha fügte Juliane hinzu. „Außerdem nutzen wir noch die letzten Tage, um zu ratschen."

„Ich werde dich wirklich sehr vermissen, Juli", sagte Natascha.

„Ich dich auch." Juliane sah einen Augenblick unglücklich aus.

„Aber wir lassen uns die letzten Tage nun nicht vermiesen, Juli. Lass uns noch die Zeit genießen, die wir zum plaudern haben. Und du kommst uns ja besuchen", erwiderte Natascha tapferer, als sie sich fühlte.

„Das stimmt." Juliane lächelte ebenso zuversichtlich, obwohl sie sich nicht so fühlte. Sie fürchtete sich inzwischen ein bisschen vor der neuen Arbeit und der Umstellung, dann nicht mehr auf der *Diamond Lady* zu sein. Doch das Leben ging weiter.

Anton tat es leid, dass Juliane etwas traurig war, die *Diamond Lady* zu verlassen. Er konnte nachvollziehen, dass sie sich auf zu Hause freute, doch die Aussicht, ihre neuen Freunde auf dem Schiff zurückzulassen, war sicherlich nicht einfach.

„Ich muss jetzt auch an die Rezeption zurück und mich davor noch umziehen", verabschiedete sich Natascha von ihnen. Juliane und sie umarmten sich kurz, danach wandte sich Natascha in Richtung der Crew-Kabinen. Ein bisschen in sich gekehrt ging Juliane neben Jakob und Anton her. Anton nahm kurz ihre Hand und drückte sie. Er warf ihr einen aufmunternden Blick zu, in welchem so viel Verständnis und Trost lag, dass es Juliane ganz warm ums Herz wurde. Ach Anton, wenn du wüsstest, wie viele Stunden ich in unserer Schulzeit an dich gedacht habe, kam es ihr in den Sinn. Nie hatte sie den Mut aufgebracht, ihm ihre Verliebtheit zu gestehen. Konnte sie ihm vielleicht während dieser Reise von ihren Gefühlen erzählen?

„Wie wäre es, wenn wir im nächsten Hafen etwas zusammen unternehmen?", schlug Jakob vor, als sie sich an der großen Treppe trennen mussten.

„Das fände ich sehr schön. Natascha hat in Le Havre leider nicht frei."

„In Ordnung, vielleicht kann sie ja bei einem der nächsten Ausflüge mitkommen, die Reise ist ja noch länger", entgegnete Anton. Er wollte unbedingt, dass Juliane die nächsten Ausflüge mit ihnen verbrachte. Natascha schien sehr nett zu sein und je mehr sie waren, umso lustiger würde es werden.

„Ja, dann bis spätestens vielleicht heute Abend beim Essen!", verabschiedete sich Juliane von den beiden. Jakob und Anton winkten ihr zu. Juliane ging gerade die Treppe nach oben, als sie auf Kapitän Andersen und seine Tochter Cassandra traf.

„Haben Sie zwei Bekannte getroffen?", fragte der Kapitän sie interessiert.

„Ja, zwei ehemalige Schulfreunde von mir, die gerade Urlaub machen. Sie kommen auch aus meinem Heimatort. Die Welt ist klein."

„Da haben Sie recht, Frau Gstattner."

„Juli, sag bloß, ist diese Reise schon die letzte, die du auf der *Diamond Lady* verbringst?", fragte Cassandra bekümmert.

„Ja, ich bin quasi schon keine Angestellte mehr und genieße das Geschenk der Reederei."

„Och, ich hatte es mir in den Kalender geschrieben, aber ich dachte, uns bleibt noch ein bisschen Zeit."

„Ich weiß, es ist leider jetzt sehr schnell gegangen. Hast du Lust, dass wir bei einem der nächsten Ausflüge noch etwas unternehmen?"

„Auf jeden Fall. Weißt du was, wir treffen uns heute Abend und trinken etwas in der Crew-Bar. Hast du schon deinen Abschied geplant?" Cassandra war ganz Feuer und Flamme.

„Nein, noch nicht direkt", sagte Juliane und dachte nach. „Stimmt, das darf ich nicht vergessen."

„Kein Problem, ich helfe dir. Ich habe schon eine Idee."

Der Kapitän verabschiedete sich von den beiden jungen Frauen. Er musste über Cassandra lächeln, weil sie ihn so sehr an seine Frau erinnerte. Christa, dachte er, wenn du deine jüngste Tochter jetzt sehen könntest, du würdest dich in ihr wiedererkennen.

*

Es war noch früher Morgen. Christian Roth nutzte die Zeit und dachte nach. Er saß in der Offiziersmesse, vor sich einen Kaffee, schwarz ohne Zucker, wie er ihn immer trank. Sein Kollege Peer hatte lange darüber sinniert, wie sie sich verhalten sollten. Gestern hatte er nach dem Landausflug ziemlich angespannt gewirkt.

„Okay, also, ich stimme dir zu, Chris, wir müssen es dem Kapitän sagen", hatte Peer zu ihm gesagt. Sie hatten nicht viel Zeit gehabt darüber zu sprechen.

„Sollen wir Frank dann dazu bitten?", hatte Christian Peer gefragt.

„Ja, mach das", war alles, was Peer darauf antwortete.

„Ich habe Frank schon Bescheid gegeben, er kommt gleich runter", begrüßte Christian Peer, als dieser zwanzig Minuten später die Offiziersmesse betrat.

„In Ordnung. Es ist wirklich besser, wenn wir das Ganze nun klären. Ich schlafe echt schlecht und es ist nicht leicht, Becca nichts zu erzählen. Gestern in Amsterdam kam ich mir wie ein Lügner vor, das muss endlich aufhören. Sie spürt, dass etwas nicht stimmt." Peer holte sich einen Cappuccino. Christian sah ihn an.

„Das wollte ich dich sowieso fragen. Bist du mit Rebecca nun zusammen?", wollte Christian wissen. Er hatte vor einiger Zeit schon einmal gefragt, doch damals hatte Peer darauf keine Antwort gegeben.

„Nein, wir sind einfach nur gute Freunde, mehr nicht." Peers Stimme klang angespannt.

„Will sie nicht oder willst du nicht?" Christian konnte sehen, dass Peer etwas verheimlichte.

„Was?"

„Ach komm, ich habe dir doch schon einmal von dem Gerücht erzählt, das über euch im Umlauf ist!?" Christian sah Peer erwartungsvoll an. Normalerweise war er nicht neugierig, aber Peer war einer seiner besten Freunde.

„Ja, ich weiß schon." Peer sah trübsinnig in seinen Cappuccino. Auf Christians Frage hatte er nicht geantwortet. Was Becca und ihn verband, ging eigentlich niemanden etwas an.

„Ich weiß, dass du nichts rumerzählen würdest, Chris. Becca und ich, wir sind mit der Situation so zufrieden, wie sie ist. Ganz ehrlich, ich kann froh sein, wenn Becca überhaupt nach der ganzen Sache mit

Kapitän Berger, sobald sie davon erfährt, noch mit mir redet."

„Ach so, deswegen wolltest du auch zu Beginn der Reise nicht, dass wir es Kapitän Andersen erzählen. Du befürchtest wirklich, dass Rebecca sauer auf dich ist."

„Ich befürchte es nicht, ich weiß es! Sie wird sauer sein, weil ich ihr nicht vertraut habe!"

„Du wolltest sie beschützen, das wird sie sicher verstehen!", ereiferte sich Christian.

„Ich hoffe, du hast recht", murmelte Peer nur, da Frank Ehring in diesem Moment die Offiziersmesse betrat.

„Na, meine Herren, sind Sie zu einem Entschluss gekommen?", fragte er gleich. Frank wusste nur Bruchstücke. Er war damals, als sich der Vorfall ereignet hatte, im Urlaub und nicht auf der *Diamond Lady* gewesen. Nur teilweise konnte er sich einen Reim auf die Sache machen. Christian und Peer waren diesbezüglich die Hüter der gesamten Informationen und Frank hoffte inständig, dass die beiden sich dem Kapitän und ihm anvertrauten, bevor der vorige Kapitän Hartmut Berger seine Version dem Chef der Reederei vortrug. Claudio Mancini gehörte zu der Art von Menschen, die nur sehr wenigen vertrauten. Hartmut Berger war ein Freund und es war zu hoffen, dass er, sollte er Schuld auf sich geladen haben, dies auch zugeben würde. Frank hatte Claudio Mancini schon einmal sagen hören, dass junge Leute sich erst einmal beweisen sollten. Von älteren Semestern hielt er generell mehr. Dies konnte in dieser Situation heikel sein.

„Peer und ich haben uns entschlossen, Kapitän Andersen alles zu sagen, was wir wissen. Und wir hätten Sie gerne bei dem Gespräch dabei." Christians Stimme klang ernst.

„Das ist gut. Ich bin gerne bei dem Gespräch anwesend", begann Frank. Sollte er den beiden Männern sagen, dass Kapitän Berger ebenfalls mit Herrn Mancini sprechen wollte? „Wann möchten Sie es dem Käpt'n sagen?"

„Bei unserem Aufenthalt in La Coruña", meldete sich Peer zu Wort.

„Gut. Sie haben die richtige Entscheidung getroffen, das verspreche ich Ihnen. Geben Sie dem Käpt'n Bescheid, oder soll ich es ihm sagen?"

„Das mache ich", sagte Christian sofort. Er hoffte, dass Frank Ehring recht behielt, und er und Peer wirklich die richtige Entscheidung getroffen hatten. Als Frank Ehring und Christian die Offiziersmesse verlassen hatten, ging Peer hinaus aufs Crew-Deck und zündete sich eine Zigarette an. Er rauchte eigentlich nicht regelmäßig. Nur wenn er angespannt war, gönnte er sich hin und wieder eine Zigarette, die er vor sich hinpaffte. Während er draußen stand, blickte er aufs Meer und dachte nach. Fast wollte er zu Hause bei seinen Eltern anrufen. Er hatte zu ihnen ein gutes Verhältnis und konnte sich auf ihre Unterstützung immer verlassen. Doch sie würden sich nur unnötig um ihn sorgen. Sie waren schließlich auch nicht mehr die Jüngsten, da konnte er ihnen immer noch Bescheid geben, sobald er das Gespräch mit dem Kapitän hinter sich hatte.

*

„Le Havre ist wunderschön", schwärmte Juliane. Sie saß mit Jakob und Anton in der *Kristall-Bar*. Juliane hatte den Tag in der französischen Hafenstadt sehr genossen. Wenn sie sich unterhielten und sie den bekannten bayerischen Dialekt hörte, bemerkte sie, wie sehr sie sich auf zu Hause freute. Dennoch würde der Abschied von ihren Freunden aus der Crew nicht leicht werden. Cassie und sie hatten bei einem Drink schon die Abschiedsparty geplant. Sie würden in der Crew-Bar feiern, die Häppchen hatte Cassie schon bei ihrem guten Freund Jan, der in der Küche arbeitete, in Auftrag gegeben. Zusammen mit einem Koch, der für das Crew-Essen zuständig war, würde er alles herrichten.

„Mir hat der Tag auch sehr gut gefallen", gab Anton zu. Er saß rechts neben Juliane und unter dem Tisch berührten sich ihr rechtes und sein linkes Knie. Sie war so glücklich, ihn wieder getroffen zu haben.

„Macht ihr zwei eigentlich immer zusammen Urlaub?", fragte Juliane an Jakob und Anton gewandt. Sie wollte auch nicht, dass sie Jakob zu stark ausschloss, denn sie merkte selbst, dass sich ihre Gedanken und ihre Aufmerksamkeit stark um Anton drehten.

„Eigentlich schon recht häufig. So zwei, drei Mal im Jahr", sagte Jakob.

„Das haben wir aus unserer Kindheit so beibehalten. Jakob ist mit uns auch immer in den jährlichen Urlaub nach Italien an die Adria mitgekommen", begann Anton. „Es macht einfach mehr Spaß, wenn wir meh-

rere sind. Oft kommen jetzt noch Kumpels vom Fußball mit, wie bei unserem letzten Urlaub nach Mallorca. Die hatten bloß dieses Mal keine Lust, eine
Kreuzfahrt zu machen."

„Die meinen, auf so Schiffen sind nur Rentner und
es wird den ganzen Tag Shuffleboard gespielt",
bemerkte Jakob grinsend. Juliane musste lächeln, da
hatte sie auch ein paar Freundinnen, die es ebenso
sahen. Jakob nahm plötzlich ihre Hand.

„Dabei kann man gegen die Gesellschaft hier an
Bord echt nichts sagen." Juliane hatte wirklich nichts
gegen Jakob, doch dass er ihre Hand nahm und vor
allem, dass Anton dies sah, störte sie sehr. Aus Höf-
lichkeit lächelte sie, doch sie zog ihre Hand langsam
zurück. Jakob verstand die Geste sofort und ließ ihre
Hand los. Sein Selbstbewusstsein kannte bei Frauen
nahezu keine Grenzen, da störte es ihn nicht, wenn er
bei einer einmal nicht landete. Anton hatte die Szene
schweigend und regungslos beobachtet, doch innerlich war er gereizt und mehr als genervt. Wieso
musste sich Jakob immer wie ein Weiberheld
benehmen!? Vielleicht störte es Anton auch nur, weil
Jakob sich an Juliane heranmachte. Juliane. Meine
Juliane, dachte sich Anton bitter.

„Anton, alles in Ordnung?", fragte Juliane ihn.
Anton merkte, dass er mit finsterem Blick vor sich hin-
gestarrt hatte.

„Was? Äh, ja. Alles gut", antwortete er etwas ver-
spätet auf Julianes Frage.

„Gut, du hast gerade so abwesend gewirkt." Juliane
strich ihm wie nebenbei über seine linke Schulter.

„Ich war gerade in Gedanken", gab Anton zu und genoss die flüchtige Berührung von Juliane.

„Wo ist denn Jakob?", fragte er, als ihm bewusst wurde, dass er mit Juliane alleine am Tisch saß.

„Er holt uns noch ein paar Drinks", antwortete Juliane. „Ich bin wirklich froh, dass wir uns hier getroffen haben."

„Das bin ich auch", sagte Anton. „Wirst du mit deinen Kollegen eine Abschiedsparty feiern?"

„Ja, ich habe mit meinen Kolleginnen schon eine kleine Feier geplant. Außerdem habe ich mir vorgenommen, dass ich auf jeden Fall mit der *Diamond Lady* nächstes Jahr wieder eine Kreuzfahrt mache, damit ich alle wieder sehen kann. Die Mädels hier an Bord sind echt gute Freundinnen von mir geworden."

Anton vermutete, dass Juliane keinen Freund hatte. Außerdem zog sie zu Hause erst bei ihren Eltern ein. Doch das schloss nicht aus, dass nicht irgendwer auf sie wartete. Vielleicht sollte er doch versuchen, rauszubekommen, ob sie tatsächlich Single war, bevor er sich Hoffnungen machte.

„Und hast du hier auf dem Schiff auch nette Kollegen kennengelernt?" Er betonte das Wort Kollegen dabei besonders.

„Klar. Unseren Staff-Kapitän zum Beispiel, er ist auch aus Bayern. Mit ihm habe ich mich oft unterhalten", sagte Juliane gut gelaunt.

„Staff-Kapitän?"

„Ja, er ist quasi die Nummer zwei, direkt nach dem Kapitän, sein Stellvertreter sozusagen. Ich habe ihn hier vorhin gerade gesehen, er hat sich mit ein paar Passagieren unterhalten", sagte Juliane und drehte sich um. Schließlich entdeckte sie Christian Roth. „Das da drüben, das ist Christian." Anton drehte sich auf seinem Stuhl um. Der Mann, auf den Juliane zeigte, war außergewöhnlich gutaussehend und vermutlich bei den Damen, egal welchen Alters, auf dem gesamten Schiff sehr beliebt. Er hatte dunkle Haare, einen Dreitagebart und schien Ende dreißig zu sein. Juliane winkte dem Mann kurz zu. Er grüßte lächelnd zurück.

„Die meisten aus der Crew sind echt okay und ich bin froh, dass ich mich dazu entschlossen habe, einmal auf einem Schiff zu arbeiten. Die Erfahrungen, die Eindrücke, das alles kann mir niemand mehr nehmen und man lernt so viel über sich selbst", erzählte Juliane leidenschaftlich. Anton spürte, dass er sich für Juliane freute, aber auch, dass er sich Gedanken machte, ob er dieser Juliane, die ihm hier gegenüber saß, nicht zu langweilig war. Vielleicht würde sie doch besser zu Jakob passen?

„Hast du eigentlich eine Freundin?", fragte Juliane ihn und warf damit seine Zweifel durcheinander.

„Ich, nein. Ich habe keine Freundin. Und du?"

„Ich habe viele Freundinnen", sagte Juliane und lachte.

„Ach so, nein, ich meinte, ..."

„Ich weiß schon, was du wissen wolltest. Ich bin auch Single und habe zurzeit keinen Freund."

„Das ist gut", sprach Anton offen aus, was er dachte. Juliane war kurz perplex, lachte dann aber umso herzlicher. Jakob kam mit den Getränken zurück an den Tisch. Juliane und Anton wirkten ziemlich aufgekratzt und Jakob wunderte sich etwas.

„Danke, Jakob. Die nächsten Getränke hole ich“, sagte Anton sofort. „Auf was stoßen wir an?“

„Auf die kommenden Ausflüge“, beschloss Juliane.

*

„Liebe Gäste, in Kürze erreichen wir Falmouth“, begann der Kapitän seine Durchsage. „Cornwall heißt Sie heute mit strahlend blauem Himmel willkommen. Dies ist einer der wenigen Naturhäfen Europas. Aufgrund der Größe unseres Schiffes liegen wir auf Reede. Die Tenderboote bringen Sie dann an Land. Sie haben die Möglichkeit, den Tag entspannt am Strand oder durch die kleine Stadt bummelnd zu verbringen. Die schönen Gärten sind ebenso einen Besuch wert. Da wir uns in einer klimatisch sehr günstigen Region befinden, können Sie sehr hohe Rhododendren, aber auch subtropische Pflanzen entdecken. Etwa in einer halben Stunde Fußmarsch entfernt liegt auf einer Anhöhe die Festung Pendennis Castle. Das Fort wurde ursprünglich von Heinrich dem VIII. erbaut...“ Christian Roth folgte der Durchsage nur mit einem Ohr. Er hatte vor, sich wie auf jeder Reise eine Postkarte zu kaufen und an seine Mutter zu schreiben. Letztes Mal, als er mit der *Diamond Lady* hier gewesen war, hatte er keine Möglichkeit gehabt, Falmouth zu besuchen. Dieses Mal hatte er Zeit, doch eben fiel ihm ein, dass er gar kein englisches Geld besaß. In seinem Zimmer hatte er amerikanische und australische Dollar, Euro und Dirham der Vereinigten Arabischen Emirate.

Christian machte sich daher auf die Suche nach Peer. Er wusste, dass sein Kollege auf dem Schiff blieb. Nur wenig später fand Christian Peer im Fitnessstudio für die Crew.

„Hey Peer, Verzeihung, dass ich dich störe. Du hast nicht zufällig ein paar englische Pfund?", fragte Christian. Peer, der gerade auf dem Laufband trainierte, stoppte sein Training.

„Klar", sagte er. „Schreibst du wieder eine Karte an zu Hause?"

„Ja, und ich gehe vielleicht einen Kaffee trinken, mal sehen. Das Wetter wird immer besser, aber ich denke, dass auf den Hügeln schon ein ziemlicher Wind geht." Christian folgte Peer zu dessen Kabine. Peer wohnte nicht wie Christian direkt auf dem Deck der Brücke, sondern weiter unten, wo sich die Kabinen der restlichen Crew befanden. Seiner Position auf dem Schiff hatte er es zu verdanken, dass er eine Einzelkabine zugeteilt bekam, die er sich mit niemandem teilen musste.

„Wie viel brauchst du denn?", fragte Peer. Er ging zu dem kleinen Tisch, auf dem ein Laptop stand und zog die oberste Schublade auf. „Ich habe hier zwanzig, und warte, in der Schachtel habe ich noch zehn, glaube ich." Neben seinem Bett auf dem Nachtkästchen hatte Peer drei Bilder seiner Familie aufgestellt und in einer kleinen Schachtel lagen alle Kostbarkeiten, die er besaß und ihm viel bedeuteten. Dort bewahrte er auch ein Passfoto von Rebecca auf, das sie ihm vor einigen Jahren geschenkt hatte und das ihm so gut gefiel. Er holte die zehn Pfund schnell aus der

Schachtel, sodass Christian das Foto nicht sah. Doch der blickte auf die Bilder auf dem Nachtkästchen.

„Deine Familie?", fragte Christian.

„Ja", sagte Peer und nahm das Familienfoto, auf dem sie zu sehen war, in die Hand. Er hielt es Christian hin, damit er es besser betrachten konnte. „Das sind mein Papa und meine Mama", Peer deutete auf ein älteres Ehepaar, die vom Alter her eher Peers Großeltern hätten sein können. „Das ist mein ältester Bruder Lorenz, mit seiner Frau Ines und das ist mein anderer Bruder Jens mit seiner Frau Sonja. Die vier hier neben mir sind meine Nichten und Neffen." Peer war deutlich jünger als seine Brüder, denn seine Neffen und Nichten waren sicherlich alle bereits älter als zwanzig.

„Du warst ja schon ein ziemlicher Nachzügler. War das nicht schwer für dich?", fragte Christian.

„Überhaupt nicht", entgegnete Peer grinsend. „Ich wurde von allen verhätschelt, auch von meinen älteren Brüdern. Ich hatte wirklich eine sehr entspannte Kindheit und bekam von jedem die ungeteilte Aufmerksamkeit und Zuwendung. Meine Brüder waren bei meiner Geburt achtzehn und fünfzehn Jahre alt."

„Das hat auch was für sich", gab Christian zu. Er war ein Einzelkind und sein Vater hatte immer den zukünftigen Hoferben in ihm gesehen. Daher rührten nun auch jetzt die Probleme.

„Reichen dir die dreißig Pfund?"

„Das reicht locker. Ich gebe es dir dann später wieder. In Euro, oder hättest du gerne eine andere Währung?", fragte Christian grinsend.

„Amerikanische Dollar wäre super, wenn du hast."

„Kein Problem, habe ich." Sie verließen die Kabine und liefen Rebecca über den Weg. Sie trug enge Jeans, einen dünnen längeren Parka und hatte ihre Handtasche dabei.

„Na, hast du frei?", fragte Peer.

„Ja, ich habe meinem Vater versprochen, dass wir einen Spaziergang machen." Rebecca hätte schwören können, dass sich Peers Gesichtsausdruck verfinsterte.

„Na dann, viel Spaß", sagte Christian.

„Danke", erwiderte Rebecca und verabschiedete sich von den beiden. Peer sah ihr hinterher und wurde von Christian in seinen Gedanken unterbrochen.

„Und was machst du noch so? Gehst du mit Pawel das Protokoll für die Sicherheitsübungen durch?"

„Ja, ich trainiere jetzt noch eine halbe Stunde. Dann dusche ich mich und danach setzen wir uns zusammen und sprechen alles durch."

Pawel Tarassow war schon seit vielen Jahren der Chief Engineer auf der *Diamond Lady* und arbeitete vor allem bei Planungen der Sicherheitsübungen für die Crew und die Passagiere eng mit Peer zusammen. Peers offizielle Stelle nannte sich zwar Erster Offizier der *Diamond Lady*. Auf anderen Schiffen dieser Größe wurde aber auch von Sicherheitsoffizieren gesprochen.

„Na dann, viel Spaß beim Trainieren, wir sehen uns", verabschiedete sich auch Christian.

„Ja, bis später."

*

Liebe Mam, heute schreibe ich Dir eine Karte aus Cornwall, begann Christian, als er sich auf eine Bank mit Blick hinab auf Falmouth setzte. Dann wusste er nicht mehr weiter. Oft kamen ihm dann Sätze über das Wetter in den Sinn, aber das klang zu sehr nach Small Talk. Ihr von den traumhaften Gärten zu schreiben, kam ihm auch falsch vor. Seine Mutter liebte Gärten und alles, was grünte und blühte. Deshalb träumte sie schon lange davon, Großbritannien zu besuchen. Das Eden Project. In letzter Zeit sagte sie oft: „Egal wohin die Reise geht, ich will einfach nur raus." Doch das würde ihr sein Vater bestimmt wieder verderben mit seiner schlechten Laune und seinem Gemecker. Er wollte nicht, dass seine Frau alleine fuhr und mitreisen mochte er auch nicht. Christians Vater konnte und wollte den Hof nicht alleine lassen. Das letzte Mal, als Christian zu Hause gewesen war, hatte er seinem Vater vorgeworfen, dass er sich nur hinter dieser Aussage versteckte und seine Frau damit unglücklich machte. Vielleicht hätte er es damals anders formulieren müssen, denn ein unglaublicher Streit war daraufhin entbrannt. Schlussendlich war es auch wieder um die Hofnachfolge gegangen.

Fast wollte Christian seiner Mutter schon schreiben: Ich wünschte, du wärst hier und könntest es selbst sehen. Die Rhododendren, die Bananenpflanzen und Agaven.

Christian biss sich auf die Lippen und schrieb: *Falmouth ist an der Südküste von Cornwall. Es ist kein besonders großer Ort, doch es gibt eine Menge Gärten, die dir gefallen würden. In dem Städtchen gibt es an vielen Ecken kleine Geschäfte und nette Cafés. Viele unserer Passagiere machen einen Ausflug zum Pendennis Castle, das ist ein Fort, das ursprünglich von Heinrich VIII. erbaut wurde. Ich sitze gerade auf einer Bank und habe einen grandiosen Ausblick auf den Strand, auf die Diamond Lady, die auf Reede liegt, und auf die Stadt.* Christian musste daran denken, was der Kapitän in seiner Durchsage erwähnt hatte und da fiel ihm ein, dass er seiner Mutter von dem neuen Kapitän noch nichts erzählt hatte. *Habe ich dir eigentlich schon geschrieben, dass wir einen neuen Kapitän haben? Er ist seit der letzten Reise auf dem Schiff. Ich hoffe, dir geht es gut. Grüß' Vadda von mir, wenn er gerade nicht zu schlechte Laune hat. Dein Christian.*

Christian lehnte sich zurück und schloss die Augen.

*

Rebecca ging einige Zeit schweigend neben ihrem Vater her. Es fühlte sich so fremd an, ihn so regelmäßig zu sehen.

„Warst du denn schon einmal in Falmouth?", begann ihr Vater die Unterhaltung.

„Ja, aber ich habe mir bis jetzt nur die Stadt angesehen, in einem der Gärten war ich noch nie."

„Hättest du denn Lust, heute einen oder zwei Gärten anzusehen?"

„Ja, gerne, wenn du möchtest." Sie schlenderte mit ihrem Vater durch einen Garten, in dem es neben den bereits angekündigten großen Rhododendren auch Pflanzen wie Bananen und Agaven gab, die sie in England nicht erwartet hätte.

„Das ist wahrscheinlich den gemäßigten, klimatischen Bedingungen zu verdanken, von denen du in deiner Rede gesprochen hast", sagte Rebecca und zeigte auf die Bananenpflanze.

„Wahrscheinlich. Zumindest scheinen sie sich hier sehr wohl zu fühlen."

„Das denke ich auch." Sie gingen wieder ein Stück bis zu einer Baumgruppe auf einer kleinen Anhöhe, wo sich mehrere Liegen aus Holz befanden. Der Kapitän nahm Platz und wäre beinahe von der Holzliege gefallen, da diese sich stark nach hinten neigte.

„Oha", murmelte Kapitän Andersen und ruderte kurz mit den Armen, um das Gleichgewicht zu halten. Rebecca lachte herzlich. Dann setzte auch sie sich vorsichtig auf eine der anderen Liegen, die ebenfalls ein bisschen mit dem Kopfteil nach unten schaukelte. Rebecca legte sich wie auch ihr Vater hin. Die Liegen hatten einen seltsamen Schwerpunkt.

„Jetzt komme ich mir fast vor wie beim Zahnarzt", bemerkte Rebecca. Ihr Vater lachte und sie warfen sich einen verstehenden Blick zu. Es war ein harmonischer Augenblick. Nichts schien zwischen ihnen zu stehen, die Vergangenheit spielte jetzt gerade keine Rolle mehr. Rebecca sah glücklich zu ihrem Vater und er bemerkte, wie viel jünger sie aussah, wenn sie ihn so anblickte. Er genoss diesen seltenen Augenblick.

Schließlich machten sie sich wieder auf den Rückweg. Am Strand tranken sie noch eine Kleinigkeit in einem Café und sie sahen viele Passagiere und auch einige Kollegen aus der Crew, die Falmouth besichtigten oder die Sonnenstrahlen bei einem Spaziergang genossen. Christian Roth ging eben an ihnen vorüber und grüßte durch ein kurzes Nicken.

„Das war ein schöner Ausflug", entgegnete Rebecca, als sie wieder an Bord gingen.

„Mir hat es auch gut gefallen, Rebecca", sagte der Kapitän zu seiner Tochter. Sie verabschiedeten sich und Kapitän Andersen drehte sich zur Rezeption um. Juliane kam ihm mit ihren zwei Begleitern entgegen.

„Und das ist Kapitän Andersen, Jakob", sagte Juliane zu dem jungen Mann links neben ihr. Er schien wohl bei den dreien gerade Thema gewesen zu sein.

„So ist es. Hatten Sie einen schönen Ausflug, Juliane."

„Ja, wir waren oben beim Fort. Es war interessant und die Aussicht war herrlich. Darf ich Ihnen meine Freunde Jakob Vollmer und Anton Hofbichler vorstellen", sagte Juliane. Der Kapitän schüttelte zuerst Jakob die Hand und dann Anton.

„Jakob hat mich eben damit aufgezogen, wer denn jetzt auf das Schiff aufpasst, wenn ich von Bord gehe."

„Diese Aufgabe bleibt dann wohl wieder an mir und den Offizieren hängen", ging der Kapitän auf den Scherz ein.

„Ist es eigentlich möglich, dass man den Maschinenraum als Passagier zu Gesicht bekommt?", fragte Jakob.

„Wir haben solche Touren", sagte Kapitän Andersen, „ich fürchte, die sind aber alle ausgebucht, da sie bei den Gästen sehr beliebt sind."

„Ach so, schade, aber dann vielleicht beim nächsten Mal."

„Ich könnte natürlich schauen, ob sich etwas machen lässt. Würden Sie denn alle mit auf die Tour wollen?"

„Nein, ein Kollege hat mich einmal rumgeführt", sagte Juliane.

„Ich bleib bei Juliane", sagte Anton sofort. Die junge Frau schien es ihm angetan zu haben, zumindest merkte der Kapitän eine große Sympathie zwischen den beiden.

„Na dann wären Sie der Einzige, Herr Vollmer, sicher bekommen wir Sie noch unter. Lassen Sie mich schnell telefonieren." Der Kapitän ging zur Rezeption und rief bei Frank Ehring an. Als General Manager hatte er alles im Blick. Kapitän Andersen teilte Frank sein Anliegen mit. Frank sah sicher gerade in seinem Computer nach, wie ausgelastet die Tour in den Maschinenraum war.

„Robert, sag dem jungen Mann, er kann bei der Tour morgen um 14 Uhr mit dabei sein. Die ist zwar ausgebucht, aber wenn er ein Freund von unserer Juliane ist, machen wir das als Ausnahme mal möglich." Nachdem der Kapitän veranlasst hatte, dass Jakobs Name auf der Liste ergänzt wurde, wandte er sich wieder Juliane, Jakob und Anton zu.

„Morgen um 14 Uhr sind Sie bei einer Tour dabei, bei der Sie auch den Maschinenraum sehen. Treffpunkt ist direkt hier. Sie gehen dann alle gemeinsam hinunter. Auf der Tour werden Ihnen auch einige Hintergründe zur Schiffstechnik erklärt, das dürfte sehr interessant werden", sagte er zu Jakob.

„Danke, Käpt'n, das klingt großartig", freute sich Jakob Vollmer.

„Keine Ursache, für einen Freund von Juliane können wir gerne einmal eine Ausnahme machen."

Der Kapitän wünschte den dreien noch einen schönen Tag.

*

Der kommende Tag war ein Seetag und es standen für den Kapitän am Vormittag einige Besprechungen an. Das Sicherheitskonzept war von Offizier Ehrenberg und dem Chief Engineer überarbeitet worden. Nun wollten sie es mit ihm durchgehen, bevor sie es mit den anderen Abteilungsleitern besprachen. Außerdem konnten aufgrund des Werftaufenthalts und der neuartigen Abgasregulierungsanlage auf der vergangenen Reise in die Ostsee erste neue Abgaswerte ermittelt werden. Umweltoffizier Niklas Folkerts hatte nun einige Diagramme und eine Zusammenstellung dieser Werte vorgenommen, die er der Führungsriege vorstellen würde.

„Käpt'n, haben Sie einen Augenblick für mich?", fragte der Staff-Kapitän. Kapitän Andersen sah überrascht auf. Er saß soeben mit einigen anderen Kollegen in der Offiziersmesse beim Frühstück zusammen. Ein Blick in das Gesicht von Christian Roth verriet ihm, dass es wohl um eine wichtige Angelegenheit ging, daher erhob er sich kurz vom Tisch und nickte den anderen zu. Er folgte dem Staff-Kapitän nach draußen auf das Crew-Deck. Es war angenehm warm in der Morgensonne.

„Um was geht es?", fragte er den Vize-Kapitän.

„Hätten Sie morgen Vormittag ab zehn Uhr Zeit? Herr Ehrenberg und ich hätten gerne etwas mit Ihnen besprochen, Käpt'n. Herr Ehring würde bei dem

Gespräch ebenfalls dabei sein, wenn es Ihnen nichts ausmacht?"

„Nein, im Gegenteil. Es geht um etwas, dass sich vor meinem Antritt hier ereignet hat, nehme ich an?" Der Kapitän hatte spontan beschlossen, direkt zu fragen. Christian Roth war kurz überrascht, nickte aber schließlich.

„Ja, so ist es."

„Dann ist es auf jeden Fall wichtig, dass Herr Ehring teilnimmt. Er ist nun schon viel länger auf der *Diamond Lady* als ich. Ich schlage vor, wir besprechen alles in meinem Büro, da sind wir unter uns. Wäre das in Ihrem Sinn?"

Christian Roth nickte. „Das wäre uns sehr recht. Vielen Dank."

*

Anton freute sich bereits auf die Zeit mit Juliane. Jakob war auf der Schiffsführung. Juliane und Anton hatten ausgemacht, dass sie sich hier treffen würden. Die Sushi-Bar. Es war eines von drei Restaurants, bei denen die Passagiere zusätzlich bezahlen mussten, wenn sie dort aßen. Anton merkte, wie sich jemand an ihn heranschlich und dann seine Augen mit den Händen zuhielt.

„Juli?", fragte er. Sie trat an seine rechte Seite und legte kurz eine Hand auf seine Schulter.

„Ja, war nicht überraschend, denke ich. So, jetzt siehst du dann gleich meinen Lieblingsplatz auf dem Schiff." Juliane hakte sich bei ihm ein. „Und nicht nur, weil es dort gutes Essen gibt", fügte sie augenzwinkernd hinzu. Juliane hatte erst ein einziges Mal die Gelegenheit gehabt, in dem Sushi-Restaurant zu essen. Es war möglich, als Angestellter die Gästebereiche zu nutzen. Das musste man allerdings vorher mit dem Teamleiter abklären. Juliane hatte diese Möglichkeit erst einmal genutzt. Mit Cassandra und Natascha war sie dann ins Sushi-Restaurant gegangen. Das Sushi Restaurant lag achtern, also im hinteren Bereich des Schiffes und die Front war durch eine Glasscheibe, die von der Decke bis zum Boden reichte, abgetrennt. Sie hatten nun eine traumhafte Aussicht auf das Blau des Meeres, die weiße Gischt der Wellen, die sich hinter der *Diamond Lady* bildeten, auf die Möwen, die kreischend ihre Bahnen über den Himmel zogen und einmal sah Anton sogar einen Wal. Sie beschlossen, sich nicht an die Tische neben dem Running Sushi zu setzen, sondern suchten sich ein Plätzchen an einem der Tische direkt am Fenster. Juliane studierte nur einen Augenblick die Karte. Sie wusste bereits, was sie essen wollte, doch sie mochte Anton nicht hetzen, daher las sie sich die Karte noch einmal durch. Schließlich hatten sie beide gewählt und bei dem Kellner bestellt. Anton nahm dasselbe Gericht wie Juliane. Es schien ihm fast unwirklich nun mit Juliane hier an diesem schönen Ort zu sitzen. Das Meer lag ihnen quasi zu Füßen und es war angenehm, dass Jakob bei einer Tour durchs Schiff dabei war. Anton hatte ja nichts gegen Jakob. Sie waren beste Freunde und er schätzte ihn wie einen Bruder, doch es war schön, dass er nun mit Juliane ganz alleine war. Sie sprachen über Oberwaibach und was sich seit Julianes Fortgehen dort verändert hatte. Nur ein paar Augenblicke später kam das Essen.

„Ich wusste gar nicht, dass Sushi doch so gut sein kann", sagte Anton und tunkte ein Hoso-Maki in die Sojasauce.

„Ach so?", fragte Juliane überrascht. „Wie oft hast du denn schon Sushi gegessen?"

„Dieses Mal mitgezählt, einmal", gab Anton grinsend zu. „Aber es schmeckt wirklich gut."

„Dann bin ich erleichtert. Wir hätten auch in das Burger-Restaurant ein Deck tiefer gehen können. Dort kann man sich aus verschiedenen Buns, Patties und Soßen einen eigenen Burger zusammenstellen lassen. Ich wollte einfach ein bisschen Ruhe, deswegen dachte ich mir, nehmen wir eins von den Spezialitäten-Restaurants."

„Ich finde es auch schön, wenn wir ein bisschen Zeit hier für uns haben. Deswegen war es mir ehrlich gesagt egal, wohin wir gehen. Hauptsache zusammen." Anton sah Juliane verliebt an.

„Es ist echt super, dass der Kapitän es noch geschafft hat, dass Jakob die Tour mitmachen kann. Ich denke, dass interessiert ihn schon ziemlich", bemerkte Anton und er merkte, dass er dadurch auch nicht so ein schlechtes Gewissen hatte, hier mit Juliane alleine zu sitzen.

„Finde ich auch. Kapitän Andersen ist echt ein netter Typ. Er ist noch gar nicht so lange an Bord, aber ich glaube, er hat schon ein Händchen dafür mit Leuten umzugehen." Juliane und Anton sprachen über Julianes Erlebnisse an Bord und die Zeit verging wie im Flug.

*

Der Kapitän wartete gerade auf den Aufzug, als er laute Stimmen aus Rebeccas Büro hörte.

„Du wusstest es alles?! Die ganze Zeit?!", fragte Rebecca eben. Die Antwort darauf, von wem sie auch kam, konnte der Kapitän nicht verstehen.

„Okay, du ahntest es, macht das einen Unterschied?!" Rebecca war zornig und ihre Stimme klang gereizt. Sie erwartete eine Antwort von ihrem Gegenüber, das konnte der Kapitän selbst hier auf dem Gang außerhalb ihres Büros spüren. Er sah seine Tochter förmlich vor sich, wie sie die Arme in die Seiten gestemmt hielt. Die Antwort kam von Peer Ehrenberg und sie war ebenfalls lauter, sodass der Kapitän sie verstehen konnte.

„Ich wollte dich beschützen, es tut mir leid, in Ordnung?! Ich ..."

„Hör auf, Peer! Du wolltest mich schützen, dass ich nicht lache! Ich bin eine erwachsene Frau. Ich kann auf mich selbst achten."

„Das weiß ich ja auch, aber ..."

„Ich dachte, wir sind Freunde, Peer!"

„Das sind wir doch auch!"

„Wenn du mir in solch einer Angelegenheit nicht vertraust, ist diese Freundschaft wertlos!" Rebeccas Stimme war kalt und klang entschieden.

„Becca, hör mir doch zu. Ich ..."

„Du hast mich belogen! Die ganze Zeit!"

„Es tut mir leid, was willst du denn noch hören?!“, erwiderte Peer und seine Stimme war lauter und klang ebenfalls entschieden.

„Wenn das alles ist, was du zu sagen hast, kannst du jetzt ja gehen!“ Eine Zeitlang blieb es still.

„Geh bitte, ich will dich nicht mehr sehen!“, kam es nun noch einmal von Rebecca. Die Tür wurde aufgerissen und Peer Ehrenberg stürmte aus dem Büro. Wütend knallte er die Tür hinter sich zu. Stoppte dann aber fast augenblicklich und sah ratlos auf die nun verschlossene Tür. Kapitän Andersen beobachtete, wie der Sicherheitsoffizier schließlich langsam den Gang entlang ging. Er fuhr sich durch die blonden Haare. Dann blieb er stehen, sah an die Decke und schüttelte frustriert den Kopf.

„Ich bin so ein Idiot“, murmelte er. Für wenige Sekunden schien er mit sich zu ringen, ob er zu Rebeccas Büro zurückgehen sollte. Schließlich atmete er laut aus und es klang, als hätte er die Luft angehalten. Peer setzte seinen Weg zu seinem Büro fort.

Der Kapitän war sich sicher, dass diese Unterhaltung etwas mit dem Gespräch am morgigen Tag zu tun haben würde.

*

Eine der geführten Touren durch die Stadt wollten sie nicht machen, stattdessen beschlossen Juliane, Anton und Jakob La Coruña auf eigene Faust zu entdecken. Der Hafen von La Coruña lag sehr zentral, sodass sie die Stadt bequem zu Fuß erkunden konnten. Viele Einkaufsstraßen luden zum Shoppen ein. Die Festung

San Antón und das archäologische Zentrum boten interessante Einblicke in die Geschichte und die Entwicklung der Stadt.

„Wo sollen wir hingehen?", fragte Juliane ihre beiden Begleiter. „Ich hätte Lust auf das Aquarium oder den Herkulesturm, das ist ein alter Leuchtturm. Laut Prospekt kann sein Licht aus einer Entfernung von 32 Seemeilen gesehen werden. Von dort oben haben wir sicher eine tolle Aussicht."

„Ich habe jetzt eigentlich keinen Bock, hundert Stufen auf einem Turm hochzulaufen", sagte Jakob gelangweilt.

„Ich hätte gedacht, du bist ein Vollblutsportler, da sollten doch 242 Stufen kein Problem sein", zog ihn Juliane neckisch auf.

„Also ich hätte schon auch Lust zum Leuchtturm zu gehen", meldete sich Anton zu Wort und sah Juliane lange an. Jakob verdrehte die Augen. Anton ging ihm schon langsam auf die Nerven. Die ganze Zeit über sprach er fast unaufhörlich von Juliane. Am gestrigen Abend hatte er auch schon vorgeschlagen, die Disco und Kneipentour durch Lissabon ausfallen zu lassen. Jakob hatte Anton daraufhin erinnert, dass das der Ausflug war, auf den sie sich beide am meisten gefreut hatten. Was war denn nur mit Anton los? Bloß weil Juliane nun hier an Bord war, tat Anton plötzlich so, als wäre alles andere völlig egal!?

„Glaubst du wirklich, Juli gefällt so etwas?!", war Antons Meinung zur geplanten Tour in Lissabon gewesen.

„Mir egal", hatte Jakob darauf geantwortet. „Komm, das hatten wir so geplant, Anton. Du wirst doch jetzt nicht, bloß um vor Juliane gut dazustehen, darauf verzichten, ein paar hübsche Portugiesinnen kennenzulernen?!" Anton hatte daraufhin nichts gesagt.

„Na dann, geht doch zum Leuchtturm. Da verbringe ich lieber einen entspannten Tag am Strand", sagte Jakob nun. Er war genervt.

„Oder sollen wir doch ins Aquarium gehen, Jakob?", fragte Juliane. Sie wollte nicht, dass sich Jakob ausgeschlossen fühlte.

„Nein, danke, ich bin kein Freund von Fischen. Ist schon okay, ich habe heute keine Lust auf Kultur und Wandern, wir sehen uns später", sagte Jakob und winkte ihnen zu. Juliane freute sich insgeheim, dass sie Anton für sich hatte. Natürlich wollte sie Jakob nicht außen vor lassen, aber für ihn schien es tatsächlich in Ordnung zu sein, wenn er den Tag alleine verbrachte.

„Also, auf zum Herkulesturm", sagte Anton beschwingt. Auch er freute sich auf die gemeinsame Zeit mit Juliane. Er legte kurz einen Arm um ihre Schultern.

Jakob sah den beiden nach. Sicher, normalerweise war Anton immer in der Position, dass er Jakob und einer Urlaubsbekanntschaft entweder nachlaufen musste, oder den Tag alleine verbrachte. Aber Anton war halt auch nicht der Mann, der leicht Frauen kennenlernte und so hatte Jakob sich leichthin gesagt, war Anton ja im Prinzip selbst schuld. Jakob ließ sich zwar nichts anmerken, aber dass er dieses Mal nun links liegen gelassen wurde und derjenige war, der sich alleine beschäftigen musste, störte ihn ungemein.

*

Die *Diamond Lady* lag in der Sonne Spaniens am Hafen. Der Kapitän war bereits früher in seinem Büro als nötig. Er merkte, dass er selbst auf die kommende Unterredung gespannt war. Nach kurzem Überlegen hatte er beschlossen, dass es eine freundschaftlichere Wirkung hatte, wenn sie die Unterhaltung an der Sitzgruppe mit dem niedrigen Couchtisch führten. Dann wirkte es weniger formell. Zuerst klopfte Christian Roth an seine Bürotür. Der Staff-Kapitän war überpünktlich und wirkte noch ernster als sonst. Der Kapitän stellte sich innerlich die Frage, ob diese ernste Haltung sich nach dem Gespräch vielleicht auflockern würde. Als Zweiter betrat Frank nach kurzem Anklopfen das Büro. Frank Ehring wirkte entspannt und setzte sich ans Kopfende des Tisches.

„Nehmen Sie doch auch schon Platz, Herr Roth. Herr Ehrenberg wird sicher gleich kommen." Christian Roth nahm nach einem kurzen Zögern auf der Couch schräg gegenüber von Frank Ehring Platz.

„Draußen ist es herrlich warm. Ich glaube, viele Gäste hatten Angst, dass es während der gesamten Reise so regnerisch wie am Anfang werden könnte", meldete sich Frank zu Wort. Christian stimmte ihm mit einem Nicken zu. Es klopfte an der Tür und Peer Ehrenberg erschien.

„Pünktlich auf die Minute", begrüßte ihn der Kapitän freundlich. „Bitte nehmen Sie Platz, Herr Ehrenberg." Peer setzte sich neben Christian und der Kapitän nahm gegenüber von ihnen Platz.

„Bitte, fangen Sie an, Sie wollten mit mir reden", bat er, an den Staff-Kapitän gewandt.

„Bevor wir alles schildern, Käpt'n, möchte ich, dass Sie wissen, dass Herr Ehrenberg und ich immer versucht haben, das Richtige zu tun."

„In Ordnung, ich werde es beherzigen", sagte Kapitän Andersen. Christian Roth sah noch einmal kurz zu Peer und begann schließlich zu erzählen:

„Kapitän Berger war die letzten fünfzehn Jahre der Kapitän hier an Bord der *Diamond Lady*, davor war er Staff-Kapitän wie ich. Ich weiß nicht, ob Sie ihn besser kannten, Käpt'n. Meiner Meinung nach war Kapitän Berger immer ein hervorragender Vorgesetzter, nicht ganz unkompliziert, er hatte seine Eigenheiten. Aber wir wussten, dass er zu hundert Prozent hinter der Crew stand. Das Arbeitsklima auf der Brücke war harmonisch und wir konnten uns aufeinander verlassen." Kapitän Andersen bemerkte sofort die Wortwahl von Christian Roth. *Wir konnten uns aufeinander verlassen. Konnten,* das hieß, in letzter Zeit nicht mehr.

„Vor ungefähr zweieinhalb Monaten gab es einen tragischen Unfall", fuhr Christian Roth fort. „Ein junges Ehepaar mit seiner Tochter war hier an Bord. Der Mann und die Frau haben sich eigentlich immer gestritten und das Mädchen hat oft geweint. Kapitän Berger hatte viel mit ihnen zu tun. Er versuchte zu vermitteln, doch er hatte wenig Erfolg. Ich habe ebenfalls versucht, mit ihnen zu sprechen, doch die Fronten waren bereits zu verhärtet. Die Ehefrau wollte die Scheidung und das alleinige Sorgerecht für die Tochter. Am Ende der Reise, als alle Passagiere das Schiff verließen, gab es plötzlich einen Tumult am Pier. Wir erfuhren erst später, dass der Ehemann wohl eine andere Nationalität wie seine Frau hatte. Er wollte die Tochter mit in seine Heimat nehmen und die Frau wollte dies wohl verhindern. Der Mann ist mit seiner Tochter den Pier entlang gelaufen. Kapitän Berger ist ihnen hinterher, er wollte sie zum Umkehren bewegen." Christian Roth machte eine kurze Pause, ehe er fortfuhr. „Der Mann wurde mit seiner Tochter von einem Gepäckwagen frontal erfasst und er und die Kleine starben wenig später im Krankenhaus." Der Staff-Kapitän unterbrach seine Erzählung kurz ein weiteres Mal. „Die Frau machte Kapitän Berger Vorwürfe. Sie sagte, der Kapitän habe die zwei in den Tod gehetzt, weil er hinter ihnen hergelaufen sei." Christian Roth stoppte in seiner Erzählung.

Peer Ehrenberg ergänzte an dieser Stelle den Bericht: „Christian war auf der Brücke, als der Vorfall passiert ist. Ich stand am Pier und half einer älteren Dame, die ihren Enkel nicht finden konnte. Christian konnte den Vorfall von der Brücke aus sehen. Kapitän Berger hat versucht, die beiden aufzuhalten. Er hat sie nicht getrieben! Die Ehefrau stand unter Schock und für sie war es vermutlich das Naheliegendste, jemand anderem die Schuld zu geben. Der Fahrer des Gepäckwagens konnte die beiden erst in letzter Sekunde sehen. Ihn trifft auch keine Schuld. Ich bin zu Kapitän Berger und wir haben versucht, bis zum Eintreffen der Notärzte die beiden durch Erste-Hilfe-Maßnahmen zu stabilisieren, aber wir hatten keine Chance." Peer Ehrenberg schwieg und sah kurz zu Christian Roth.

Kapitän Andersen hatte schweigend zugehört. Es war eine tragische Geschichte, die die beiden Männer erzählten, und er versuchte alles sofort einzuordnen, um möglichst wenig nachfragen zu müssen.

„Was ist danach passiert?"

„Nachdem die Polizei den Vorfall aufgenommen hatte, hat sich Kapitän Berger auf seine Kabine zurückgezogen. Erst viele Stunden später kam er wieder heraus. Ich habe ihn gefragt, ob er Hilfe braucht", begann der Staff-Kapitän. „Er sagte nein." Christian Roth überlegte, wie viel er erzählen sollte, und entschloss sich dann für die komplette Wahrheit. Er wollte endlich mit jemanden darüber sprechen. Kapitän Andersen ließ ihnen alle Zeit der Welt.

„Ich merkte bald, dass Kapitän Berger sehr verändert war, daher fragte ich ihn am Ende der darauffolgenden Reise, ob er sich denn wirklich wohl fühlte. Mir war aufgefallen, dass er stiller als sonst war. Er meinte, ich solle mich um meinen eigenen Kram kümmern. Er fühle sich bestens."

„Haben Sie sich jemandem anvertraut?", fragte Kapitän Andersen.

„Nein", entgegnete der Staff-Kapitän.

„Doch, er hat es mir erzählt und ich habe ihm gesagt, dass ich glaube, der Kapitän braucht einfach Zeit, um den Vorfall zu vergessen", sagte Peer.

„Peer, ich hätte ...", begann Christian, doch er wurde von Peer unterbrochen.

„Wieso?! Was hättest du denn machen sollen?"

„Was haben Sie dann gemacht?", fragte der Kapitän.

„Ungefähr einen Monat gar nichts, Käpt'n. Ich ..."

„Wir", verbesserte Peer sofort.

„In Ordnung", sagte Christian und ließ Peers Einwand gelten. „Wir beide dachten, dass sich Kapitän

Berger nach einiger Zeit wieder fängt und ganz der Alte sein würde. Er verbrachte viele Stunden in seiner Kabine. Den Kollegen auf der Brücke haben wir erzählt, er wäre auf dem Schiff unterwegs, wenn jemand nachgefragt hat. Von dem Unfall haben nicht viele aus der Crew Bescheid gewusst, es war bekannt, dass etwas passiert war, aber nicht was genau. Dann nach vier Wochen habe ich Dr. Cassens gebeten, ob er einmal nach dem Kapitän sehen könnte, ich sagte ihm, dass ich mir Sorgen mache. Dr. Cassens versicherte mir, dass er mit dem Kapitän bereits gesprochen hätte und alles in Ordnung wäre. Es kam mir seltsam vor, doch ich hatte Angst, wenn ich unseren Verdacht äußern würde und er würde sich als falsch herausstellen, dass ich Kapitän Berger damit völlig ruiniere. Deswegen haben wir ihn gedeckt, so gut es ging."

„Welcher Verdacht war es?", fragte Kapitän Andersen.

„Ich vermutete, dass Kapitän Berger oft betrunken war. Wenn man ihn außerhalb seiner Kabine sah, vor allem beim An- und Ablegen, bei den Besprechungen und beim Dinner, dann wirkte er im ersten Moment so übertrieben gut aufgelegt. Wenig später zog er sich dann aber immer zurück und sagte, er habe Kopfschmerzen oder etwas Ähnliches."

„Hat sich Ihr Verdacht denn jemals bestätigt?"

„Erst an dem Tag, als Kapitän Berger das Schiff verließ. Wir legten in Genua an, fast alle Passagiere verließen das Schiff für Landausflüge. Peer und ich kamen eben von der Brücke und da sahen wir Kapitän Berger mit einer Flasche Wodka. Er wollte in seine Kabine. Wir gingen sofort zu ihm und ich hielt ihn auf.

Der Kapitän war offensichtlich stark betrunken. Er beschimpfte mich. Ich sagte ihm, dass sein Verhalten unverantwortlich sei und ich seinen Zustand melden würde. Er brüllte mich an, dass es nicht seine Schuld sei und er am Ende wäre. Ich versuchte, ihm die Flasche wegzunehmen. Peer kam mir zu Hilfe und es kam zu einem Handgemenge. Kapitän Berger hat Peer dabei die Nase gebrochen. Ich konnte dem Kapitän die Flasche entreißen. Er schrie uns an, dass er uns unverzüglich entlassen würde. Da kam Herr Ehring hinzu. Wir beschlossen, uns alle sofort zusammenzusetzen, um zu besprechen, wie es weiter gehen würde. Kapitän Berger bat uns um eine halbe Stunde, um sich zu sammeln. Wir stimmten zu. Peer und ich waren derweil bei der Schiffsärztin. Schließlich trafen wir uns alle im Besprechungsraum, doch der Kapitän kam nicht, wir suchten ihn und stellten schließlich fest, dass er das Schiff verlassen hatte."

„Woher wussten Sie, dass er nicht wieder kommen würde?"

„Er hat uns eine Nachricht hinterlassen. Darin stand, dass er mit der Reederei telefoniert hätte und fristlos gekündigt habe. Er habe keine Kraft mehr."

„Von der Reederei kam wenig später ein Fax", kam es nun von Frank Ehring. „In dem Fax stand, dass Kapitän Berger die Reederei über sein Ausscheiden informiert habe und er aus familiären Gründen das Schiff hatte sofort verlassen müssen. Kapitän Roth hätte nun kommissarisch die Führung, bis nach dem Werftaufenthalt ein neuer Kapitän auf die *Diamond Lady* kommen würde." Frank Ehring räusperte sich und sagte an Kapitän Andersen gewandt. „Als der tödliche Unfall passiert ist, war ich nicht auf dem Schiff. Ich hatte Urlaub. Herr Roth und Herr Ehrenberg haben mir den ganzen Vorfall dann aber bei unserem Gespräch in Genua geschildert, Robert. Ich sicherte ihnen meine Unterstützung zu. Ich wüsste selbst nicht, wie ich mich verhalten hätte. Die ganze Zeit über habe ich bei Kapitän Berger keinen Unterschied wahrnehmen können, außer, dass ich ihn seltener gesehen habe und er sich von Herrn Roth öfter als sonst vertreten ließ. Ich nahm an, er würde sich zukünftig noch mehr um die Gäste kümmern. Ich hätte es ebenso besser wissen müssen, Robert. "

„So, nun sind Sie über alles informiert, Käpt'n", sagte Peer und Christian nickte zustimmend.

„Warum haben Sie gelogen, was Ihre gebrochene Nase anging?", fragte der Kapitän an Peer gewandt.

„Wir wollten nicht, dass Kapitän Berger noch zusätzlichen Ärger bekommt, daher habe ich gesagt, dass es ein Unfall gewesen sei", sagte Christian sofort. „Hätten wir zugegeben, dass der Kapitän daran Schuld war, hätten wir erzählen müssen, wie genau es passiert ist. Dann hätten wir auch Frau Dr. Limbeck, die inzwischen als neue Bordärztin hier auf der *Diamond Lady* angefangen hatte, von dem Alkoholproblem erzählen müssen. Wir hatten unseren Verdacht bis zu diesem Zeitpunkt nur Herrn Dr. Cassens über geäußert und Frau Dr. Limbeck war ja erst seit wenigen Wochen auf dem Schiff. Es kam uns falsch vor, sie nun ebenfalls in die ganze Geschichte zu verwickeln. Es führte eines zum anderen, wir wussten nicht mehr weiter und da schien es uns die beste Lösung zu sein

Frau Dr. Limbeck nichts zu sagen." Kapitän Andersen dachte über alles nach, was er bisher gehört hatte.

„Sie hätten sich jemandem anvertrauen müssen", sagte der Kapitän schließlich an Christian Roth gewandt. Diese Antwort des Kapitäns hatte Christian befürchtet.

„Wem hätte er sich denn noch anvertrauen sollen?!", fragte Peer Ehrenberg und seine Stimme wurde lauter. „Herr Ehring war die meiste Zeit im Urlaub. Dr. Cassens war im Bilde und der war, unter uns gesagt, nun wirklich keine große Hilfe. Er hatte mehr mit seinem eigenen Privatleben zu tun, als sich um die Sorgen von uns zu kümmern."

„Peer", sagte Christian leise, um seinen Kollegen, der sich zunehmend in Rage sprach, zu stoppen.

„Was hätte Christian denn tun sollen? Zum Kapitän hingehen und ihn fragen, ob er heute schon mal zu tief ins Glas geschaut hat? Das ist doch nicht möglich. Kapitän Berger war ein absolut verlässlicher Mensch. Nie im Leben hätte ich geglaubt, dass ihn irgendetwas aus der Bahn werfen könnte! Wie können Sie ..."

„Peer, es ist gut", entgegnete Christian deutlicher als zuvor. Peer warf seinem Kollegen einen Blick zu. Christian schüttelte kaum merklich den Kopf. Ein deutliches Zeichen, dass Christian von Peer erwartete, dass er es nun gut sein ließ. Der erste Offizier rang einen Augenblick mit sich und schwieg schließlich.

„Ich denke, ich kann die Situation schon sehr gut einschätzen", begann Kapitän Andersen. Peer sah nicht überzeugt aus. Frank wirkte noch immer recht entspannt und Christian Roth blickte weiterhin ernst zu ihm. Der Vize-Kapitän war unzufrieden mit sich selbst. Er war ein Perfektionist, das hatte Kapitän Andersen in der kurzen Zeit, die sie zusammenarbeiteten, schon bemerkt. Christian ärgerte sich, weil er sich seiner Meinung nach nicht zu hundert Prozent richtig verhalten hatte. Aber gab es in so einem diffizilen Fall überhaupt ein richtig und ein falsch? Peer Ehrenberg versuchte seinen Kollegen zu schützen – auch keine schlechte Eigenschaft und ein Charakterzug, der dem Kapitän zeigte, dass die beiden Männer tatsächlich nach bestem Wissen und Gewissen gehandelt hatten.

„Meine Herren, ich danke Ihnen für Ihre Offenheit. Ich muss über diese Angelegenheit nachdenken. Mir ist bewusst, dass Sie versucht haben, das Richtige zu tun und ich an Ihrer Stelle hätte vermutlich auch nicht gewusst, wie ich mich hätte verhalten sollen, um der Situation gerecht zu werden. Geben Sie mir bis morgen Zeit. Lassen Sie uns noch einmal sprechen, wenn wir in Lissabon sind." Die beiden Männer nickten und erhoben sich, auch Frank Ehring stand auf.

„Herr Ehrenberg?", hielt der Kapitän den ersten Offizier auf, bevor dieser ebenfalls wie Christian Roth und Frank den Raum verließ.

„Ja, Käpt'n?" Peer Ehrenberg sah ziemlich erledigt aus. Er sah Kapitän Andersen abwartend an.

„Sie hatten gestern nicht zufällig ein Gespräch mit meiner Tochter, indem es um das eben Erzählte ging?" Peer Ehrenberg schien nicht mit dieser Frage gerechnet zu haben, denn er wirkte ziemlich verblüfft.

„Hat Becca mit Ihnen gesprochen?", fragte der Offizier sofort.

„Nein, ich habe gestern auf den Fahrstuhl gewartet und es war unvermeidbar, Ihren Streit zu überhören."

„Ja, das ...", begann Peer Ehrenberg und er schien nach den richtigen Wörtern zu suchen. „Ich wollte es Becca erklären, bevor sie es von Ihnen oder irgendjemand anderem erfährt. Sie kennt mich sehr gut und ... und ich wollte nicht, dass sie mich nicht mehr ..." Peer Ehrenberg unterbrach sich, als er merkte, dass er zu stottern anfing. Er räusperte sich. „Ich schätze Rebecca als Kollegin und ich wollte nicht, dass unsere Freundschaft darunter leidet, Käpt'n. Das ist alles."

„Konnten Sie es mit ihr klären?"

„Ich weiß nicht recht. Ich denke, Rebecca ist ziemlich enttäuscht. Aber das bekommen wir sicherlich wieder hin", entgegnete Peer Ehrenberg. Seine Stimme klang alles andere als zuversichtlich und der Ausdruck auf seinem Gesicht strafte seine Worte Lügen.

„Soll ich mit Rebecca sprechen?", bot der Kapitän an und er war selbst überrascht von seinem spontanen Vorschlag. Peer Ehrenberg schien mit sich zu ringen, ob er den Vorschlag annehmen sollte.

„Nein, wir sind beide erwachsen, das bekommen wir schon hin." Er nickte, um seinen Worten Nachdruck zu verleihen. „Gibt es sonst noch etwas, Käpt'n?"

„Nein, Herr Ehrenberg, danke, das war alles." Der erste Offizier verließ das Büro.

*

Auf dem Weg zum Leuchtturm plauderten Juliane und Anton über alte Zeiten.

„Nein, echt?! Lisa hat Konstantin geheiratet? In der Schule haben sie am anderen immer etwas auszusetzen gehabt!“, wunderte sich Juliane.

„Ja, aber anscheinend hat es in der Berufsschule dann schließlich bei beiden endlich Klick gemacht. Wenn man den Gerüchten trauen darf, ist auch schon ein Kind unterwegs“, erzählte Anton.

„Das freut mich für Lisa und Konstantin. Die hatten mit ihren Partnern bis dahin ja immer ziemlich Pech“, erinnerte sich Juliane. Sie schwiegen kurz.

„Und bei euch in der Firma läuft es gut?“, fragte Juliane.

„Ja, es gibt sehr viel zu tun. Papa hat in den letzten Jahren noch mehr Leute eingestellt. Vor ein paar Jahren war es echt knapp, weil es wenige gab, die eine Ausbildung im Elektrohandwerk machen wollten, aber inzwischen haben wir jedes Jahr wieder mindestens zwei Azubis. Mein Papa, dann der Berghammer Rudi, du weißt schon, der auch im Gemeinderat ist“, sagte Anton und als Juliane wissend nickte, fuhr er fort, „und Jakob sind die Ansprechpartner für unsere Auszubildenden.“

„Das kann ich mir bei Jakob gar nicht vorstellen. Er wirkt immer so lässig, als würde er nichts ernst nehmen“, sprach Juliane ihre Meinung offen aus.

„Ja, das kommt vielleicht so rüber, aber in der Arbeit ist er sehr gewissenhaft und als Kumpel kann man sich auch zu hundert Prozent auf ihn verlassen. Du musst ihn einfach besser kennenlernen“, erwiderte Anton.

„Ja, vielleicht“, entgegnete Juliane, dann fiel ihr etwas ein. „Jakob ist doch, wenn ich mich recht

erinnere, damals ziemlich schnell von zu Hause ausgezogen."

„Ja, ein paar Tage nach seinem achtzehnten Geburtstag. Seine Eltern waren, auch als er noch jünger war,
eigentlich nie da. Das Verhältnis zwischen Jakob und
seinen Eltern war nie sehr innig, vielleicht wollte er
ihnen damals etwas beweisen. Ich weiß nicht genau,
aber bereut hat er es nie."

„Na dann." Juliane und Anton waren entlang der
Landzunge auf dem gepflasterten Weg zum Leuchtturm gewandert. „Schau Anton, gleich sind wir da."
Der viereckige steinerne Turm ragte hoch auf in den
nahezu wolkenlosen blauen Himmel. Juliane und
Anton kauften sich Eintrittskarten, um nach oben stei-
gen zu dürfen. Der Aufstieg war anstrengend.

„Jetzt gerade beneide ich Jakob, der sicher entspannt
am Strand in der Sonne liegt", bemerkte Juliane atem-
los, als sie einen weiteren Treppenabschnitt hinter sich
gebracht hatten.

„Ich auch", sagte Anton, „aber Kopf hoch, Juli, wir
sind gleich oben." Juliane und Anton brachten auch
noch die letzten Stufen hinter sich und hatten anschlie-
ßend einen traumhaften Ausblick aufs Meer.

„Wow", entfuhr es Juliane beeindruckt. „Der Aufstieg lohnt sich wirklich." Der Wind, der vom Meer
her wehte, fuhr ihr durch die langen dunklen Haare.
Anton bewunderte die Aussicht ebenso. Das Meer
brandete an die Felsen. Er schoss mit seinem Smartphone einige Fotos. Dann schließlich fiel sein Blick auf
Juliane. Ihre dunklen langen Haare, die schönen
Augen, eingerahmt von dichten schwarzen Wimpern,
die nun intensiv den Horizont betrachteten. Julianes

schöner Mund, der ihn fast schon aufzufordern schien, ihn zu küssen. Soll ich?, kam es Anton kurz in den Sinn. Es gab nichts, was er jetzt lieber getan hätte, als sie zu küssen, aber wollte Juliane das auch? In diesem Moment wandte sich Juliane, die gespürt zu haben schien, dass er sie von der Seite betrachtete, ihm zu und sah zu ihm hoch. Sie rückte ein wenig zu ihm. Ich habe schon unsere ganze Schulzeit gewartet, dachte sich Anton nun, jetzt ist es genug! Und da lehnte er sich vor und küsste Juliane voller Leidenschaft. Juliane war einen winzigen Moment verblüfft, doch schon schlang sie die Arme um Anton und erwiderte den Kuss mit einer ebenso großen Hingabe.

Sie blieben lange auf dem Leuchtturm. Immer wieder küssten sie sich und konnten nicht fassen, dass sie sich nun ihre Gefühle offen zeigten.

„Juli, ich liebe dich, schon seit unserer Schulzeit", sagte Anton schließlich. Er blickte auf Juliane hinab und wusste, dass er noch nie zuvor solche intensiven Gefühle für eine Frau empfunden hatte.

„Ach, Anton, ich liebe dich auch." Juliane konnte ihr Glück nicht fassen. Da traf sie Anton auf dieser Kreuzfahrt wieder und es stellte sich heraus, dass er, genau wie sie, bereits seit der Schulzeit Gefühle für sie hegte. Fast vergaßen sie die Zeit. Auf dem Rückweg zum Schiff hielten sie Händchen und warfen sich immer wieder verliebte Blicke zu.

*

Jakob war bereits auf dem Schiff. Sie trafen ihn in der *Kristall-Bar.*

„Hey", begrüßte Jakob sie. „Wars schön?" Er klang glücklicher, als er sich fühlte.

„Ja, es war traumhaft, wir haben viele Fotos gemacht. Alles wunderschöne Erinnerungen, wenn wir wieder zu Hause in Oberwaibach sind", antwortete Juliane vergnügt und hakte sich bei Anton ein. Anton lächelte verliebt.

„Das habe ich dir ja noch gar nicht erzählt, Juli, wir sind aufgestiegen mit der Mannschaft und spielen jetzt in der Bezirksliga." Anton wusste, dass sich Juliane auch schon früher sehr für die heimische Fußballmannschaft interessiert hatte. Nun wusste er, dass sie neben dem Interesse an den Spielen auch immer gehofft hatte, mit ihm ins Gespräch zu kommen.

„Das ist super, ich komme zu jedem Spiel und schau dir zu."

„Ich kann's kaum noch erwarten", sagte Anton und gab Juliane einen schnellen Kuss auf den Mund.

„Ich auch nicht", erwiderte Juliane leise.

„Ich bin total verspannt, das kommt wohl von dem kühlen Wind auf dem Turm", bemerkte Anton und rieb sich den Nacken.

„Soll ich dich massieren?", fragte Juliane.

„Später sehr gerne", stimmte Anton lächelnd zu. Jakob verdrehte die Augen, das war ja furchtbar, so war er doch nie, wenn er eine Frau abschleppte! Musste er sich das nun echt die ganze restliche Kreuzfahrt anhören?

„Ich gehe dann mal auf meine Kabine. Vor dem Essen möchte ich mich noch ein bisschen frisch machen", verkündete Juliane und löste sich langsam und widerstrebend von Anton.

„Ich zähl die Minuten", erwiderte Anton lächelnd. Jakob musste sich zusammennehmen, damit er nicht abermals die Augen verdrehte. Normalerweise war er es, dem die Mädchen hinterherflogen, und nun musste er Anton dabei zusehen, wie er hier mit Juliane flirtete, das war einfach nur langweilig. Anton und Jakob gingen in ihre Kabine.

„Na, das ging ja flott zwischen euch", meldete sich Jakob nach einigen Minuten des Schweigens zu Wort.

„Na ja, ich mag Juliane ja schon seit der Schulzeit sehr gerne, das habe ich ihr heute auf dem Leuchtturm gestanden."

„Echt?! Hast du nie gesagt!", entgegnete Jakob verblüfft und sah zu seinem Kumpel.

„Ach so?! Ja, aber so ist es. Meine Mutter war ganz begeistert zu hören, dass Juliane an Bord ist, als ich heute Morgen mit ihr telefoniert habe. Sie hat eigentlich immer gehofft, dass Juli und ich zusammenkommen."

„Sie wusste davon, dass du in sie verliebt warst?!", fragte Jakob nach.

„Ja, klar. Meine ganze Familie wusste Bescheid", erwiderte Anton schmunzelnd. „Ich konnte es damals einfach nicht für mich behalten."

„Mir hast du es nie erzählt. Noch nicht einmal erwähnt", hörte Jakob sich sagen und seine Stimme klang ruhig, doch er fühlte, wie er wütend wurde. Für ihn war Antons Familie eigentlich die Familie, wie er sie sich immer gewünscht hatte. Weil die Hofbichlers eigentlich immer dann für ihn da gewesen waren, wenn seine Eltern wie so oft irgendetwas anderes zu tun hatten. Die ganzen Jahre hatte er sich den Hofbichlers mehr zugehörig gefühlt. Dass nun ausgerechnet Anton, der für ihn wie ein Bruder war, ihm etwas so Wichtiges verheimlicht hatte, verletzte ihn mehr, als er es je für möglich gehalten hätte.

„Warum hast du es jedem aus deiner Familie gesagt, nur mir nicht?", fragte Jakob, da Anton wohl, wenn er nicht nachhakte, nicht damit herausrücken wollte.

„Na ja, du weißt ja, wie du aussiehst. Ich hatte damals wohl einfach Angst, dass du sie mir vor der Nase wegschnappen würdest. Keine Ahnung, ich weiß nicht genau", erwiderte Anton ausweichend.

„So schätzt du mich ein?", fragte Jakob und er wusste nicht, welches Gefühl überwog. Die Wut, dass Anton ihm das Geheimnis nicht anvertraut, sich seiner ganzen Familie aber offenbart hatte, oder der Schmerz, dass Anton ihn für so schäbig hielt, ihm Juliane auszuspannen. Jakob spürte einen unbändigen Zorn auf Anton. Na, dem würde er es schon noch zeigen!

*

Jakob betrat das Restaurant und war froh, als er Juliane bereits am Tisch sitzen sah.

„Anton kommt gleich", begrüßte er Juliane und ließ sich auf einen Stuhl ihr schräg gegenüber fallen.

„Na dann. Was hast du denn heute so alles gemacht?", fragte Juliane ihn.

„Ach, nicht viel. Am Strand gelegen und gechillt. Ich war nicht lange in der Stadt." Jakob hatte den Nachmittag am Strand verbracht, doch es hatte ihn geärgert, dass Juliane nur Augen für Anton hatte. Dass Juliane ihn nun so komplett links liegen ließ, ärgerte ihn. Anton hatte alles, eine Familie, Eltern, die sich um ihn sorgten, Geschwister, die sich erkundigten, was er gerade machte. Seine Eltern führten ein erfolgreiches Familienunternehmen und gaben es vermutlich irgendwann an ihren Sohn weiter. Da war es doch nur gerecht, dass Jakob zumindest bei den Frauen die Nase vorn hatte und jetzt das? Sollte Anton von dieser Seite jetzt auch noch begünstigt werden?!

„Was habt ihr zwei denn so in Lissabon vor? Dort haben wir ja einen Aufenthalt über Nacht?", fragte Juliane ihn und riss ihn damit aus seinen düsteren Gedanken, die es ihm fast unmöglich machten zu antworten.

„Wir gehen in ein paar Clubs oder Bars." Wahrscheinlich will sie jetzt auch noch mit, dachte sich Jakob bitter und bevor er weiter nachdachte, fügte er hinzu. „Wir machen dort sicher ein paar Mädels klar. So wie wir es ausgemacht haben."

„Das verstehe ich nicht." Juliane sah Jakob irritiert an. Nachdem die erste Lüge nun raus war, fiel es Jakob tatsächlich leichter, einfach damit weiterzumachen.

„Hat Anton dir davon gar nicht erzählt? Wir haben während dieser Kreuzfahrt so eine Art Wette laufen, wer mehr Mädels aufreißen kann. Ich weiß nicht, ob er jetzt noch Lust hat, weil ihr ja jetzt den ganzen Tag zusammen verbracht habt, aber er will auf jeden Fall noch in die Clubs mitkommen. Ich habe ihn vorhin gefragt", sagte Jakob grinsend. Er spürte bereits einen leisen Hauch des schlechten Gewissens, als er die letzten Worte aussprach, doch der Zorn, den er auf Anton hatte, war stärker als sein schlechtes Gewissen.

Warum hatte Anton ihm nichts gesagt, damals von seinen Gefühlen für Juliane, fragte sich Jakob. Und die Antwort fiel ihm jedes Mal direkt ein. Weil du eben nicht zur Familie der Hofbichlers gehörst, das hast du nicht und wirst du auch nie. Du bist weniger ein Bruder, sondern mehr ein Kumpel, wie alle anderen vom Fußball und von der Arbeit. Und außerdem hatte Anton Bedenken, dass du ihm die Freundin ausspannst, so schätzt er dich ein, klang es Jakob unaufhörlich in seinen Gedanken.

„Das ist doch wohl ein schlechter Witz, oder?!", fragte Juliane, ihre Stimme zitterte. Sie fühlte sich plötzlich so hinters Licht geführt. Konnte Anton sie so getäuscht haben? Er hatte doch so aufrichtig gewirkt, so ehrlich. So verliebt, genau wie sie. War sie für ihn tatsächlich auf dieser Reise nur eine von vielen? Eine Urlaubsromanze, mehr nicht?! Wie konnte er ihr diese ganzen Gefühle einfach nur so vorgespielt haben?!

Juliane sah zu Jakob. Er war Antons bester Freund, noch immer und schon immer gewesen, warum sollte er lügen? Wie hatte sie sich von Anton nur so täuschen lassen können? Ihr Liebe hatte sie blind gemacht für die Realität! Sie waren hier eben nicht in einem Romanheft, wo sich alles wie von Zauberhand ergab und die Liebe siegte. Nein, sie war hier an Bord eines Kreuzfahrtschiffes und hatte sich zur Idiotin gemacht. Juliane stand auf.

„Mir ist nicht gut, ich gehe auf meine Kabine. Ich wünsch euch einen schönen Abend und einen schönen Aufenthalt morgen in Lissabon. Viel Glück bei eurer Wette." Juliane eilte durch den Raum und sie war froh, dass sie Anton dabei nicht über den Weg lief.

Dies hätte sie in diesem Moment einfach nicht ertragen.

„Wo ist denn Juliane?", fragte Anton sofort, als er wenige Augenblicke später an den Tisch kam und nur Jakob dort vorfand.

„Sie sagte, ihr ist schlecht. Vielleicht hat sie etwas nicht vertragen. Zumindest hatte sie keinen Hunger." Jakobs schlechtes Gewissen meldete sich nun wirklich sehr stark. Wie kannst du Juliane und Anton nur so belügen? Sie sind ineinander verliebt.

„Dann werde ich nach ihr sehen", sagte Anton und machte bereits Anstalten den Tisch zu verlassen.

„Ich glaube, sie wollte sich hinlegen. Sie hat dir noch einen schönen Ausflug in Lissabon gewünscht." Jakob konnte nicht anders. Ein Teil von ihm wusste, dass er sich falsch verhielt, ein anderer Teil von ihm wollte es Anton heimzahlen.

„Ach so, dann schau ich später zu ihr."

„Mach das."

„Ich hab dich noch gar nicht gefragt, weil ich vorhin die ganze Zeit von Juliane und mir erzählt hatte. Was hast du denn gemacht, Jakob?" Anton lächelte ihn an und Jakob kam sich nun wirklich wie der letzte Idiot vor. Was machst du da?, fragte er sich. Er ist dein bester Freund. Jakob war kurz davor etwas zu sagen, doch er brachte es nicht übers Herz. Stattdessen sagte er: „Ach, nicht viel, lass uns lieber über den Ausflug morgen sprechen. Ich weiß schon ein paar gute Clubs, wo wir hinmüssen, da waren Simon und Johann auch, als sie in Lissabon waren", wechselte Jakob das Thema. Simon und Johann waren im selben Fußball-verein und hatten Jakob Tipps für den Aufenthalt in

Lissabon gegeben. Anton merkte nichts von dem Zwiespalt, in dem sich Jakob befand. Er vermisste Juliane und hoffte, dass es ihr in den nächsten Tagen wieder besser gehen würde.

*

Am kommenden Tag in der Früh sah Rebecca ärgerlich zu Peer. Er stand auf dem Crew-Deck im Außenbereich und zog an einer Zigarette. Peer rauchte eigentlich nicht regelmäßig, es sei denn, er war gestresst oder etwas beschäftigte ihn, dann kam es schon vor, dass er rauchend auf dem Crew-Deck stand. Rebecca mochte es nicht, wenn er rauchte. Dann kam er ihr fremd vor, wie jemand, den sie nicht schon so gut kannte. Peer drückte eben die Zigarette aus. Durch die Glasscheibe sah er hinein zu ihr. Er nickte ihr kurz zu. Rebecca sah weiterhin ernst zu ihm. Sie nickte knapp zurück. Ihr Vater sah sie überrascht an. Peer Ehrenberg griff in seine Hosentasche und holte eine weitere Zigarette hervor, die er sich anzündete. Er ging hinüber auf die andere Seite des Crew-Decks und verschwand damit aus ihrem Blickfeld.

„Ich dachte, er ist dein Freund!?", sagte der Kapitän zu Rebecca, als sie sich zu ihm gesetzt hatte.

„Was?", erwiderte Rebecca verwirrt. Sie nahm sich ein Zuckertütchen, riss es auf und kippte es in ihren Cappuccino. Dann nahm sie ein weiteres Tütchen und schließlich noch eins. Der Kapitän sah seine Tochter erstaunt an. Eigentlich konnte er sich nicht erinnern, dass seine Tochter überhaupt Zucker in ihren Cappuccino schüttete.

„Peer Ehrenberg, ich dachte, er ist dein Freund", sagte der Kapitän noch einmal.

„Er ist nicht *mein* Freund! Wenn überhaupt ist er *ein* Freund."

„Du solltest ihm vergeben, Rebecca. Gute Freunde findet man nicht wie Sand am Meer, ich weiß, wovon ich spreche. Ich habe jahrelang einen Fehler gemacht, Frank nicht zu verzeihen, dabei war ich im Unrecht."

„Hat Peer dir erzählt, dass wir Streit hatten?!"

„Nein, ich habe euch gehört, als ich auf den Aufzug gewartet habe."

„Ach so", sagte Rebecca und rührte mit dem Löffel ihren Cappuccino so schwungvoll um, dass sie beinahe einen Teil des Inhalts in die Untertasse beförderte. Der Kapitän rechnete schon damit, dass Rebecca nichts Weiteres dazu sagen würde, doch da hatte er sich geirrt.

„Ich war einfach nur so sauer, weil er mich so lange im Dunkel gelassen hat. Du kannst dir nicht vorstellen, wie oft ich Peer gefragt habe, ob er mehr weiß. Es gibt normalerweise nichts, was er vor mir verheimlichen kann, dafür kenne ich ihn zu gut", Rebecca lächelte kurz traurig. Ihr Vater sah sie überrascht an. *Dafür kenne ich ihn zu gut*, was genau hatte dies zu bedeuten?

„Umso mehr enttäuscht es mich, dass er sich mir nicht anvertraut hat. Was denkt er denn von mir? Er weiß, dass er sich auf mich verlassen kann!"

„Ich nehme an, er wollte dich nicht mit der Wahrheit belasten. Er wollte dich beschützen!"

„Ja, diese Ausrede hat er mir auch gesagt. Ich brauche keinen Schutz!" Rebecca trank einen Schluck und stellte die Tasse hart auf den Unterteller, sodass es hell klirrte. Sie verzog das Gesicht und sah verwirrt in ihre Tasse. Doch ihr Ärger begann bereits zu verrauchen. So sehr sie ihren Unmut aufrechterhalten wollte, es gelang ihr auf die Dauer nicht. Sie konnte sich nicht vorstellen, weiter auf Peer wütend zu sein. Dafür war ihr die Freundschaft mit ihm zu wichtig. Dafür war er ihr viel zu wichtig.

„Was wirst du tun?", fragte Rebecca unvermittelt. „Christian und Peer hatten ja eigentlich nicht so viele Möglichkeiten anders zu handeln, oder? Sie hätten sich schneller jemandem anvertrauen müssen! Aber sonst?" Rebecca unterbrach sich. „Du brauchst auch nichts zu sagen, es geht mich ja eigentlich nichts an."

„Ich vertraue dir, dass es nicht die Runde macht. Ich werde mit den beiden noch ein Gespräch führen. Sie bekommen eine Abmahnung. Mehr werde ich nicht veranlassen. Dr. Cassens hat sie, meiner Meinung nach, auch ziemlich im Stich gelassen." Der Kapitän trank einen Schluck seines Espressos.

„Und was wirst du tun?", fragte er seine Tochter.

„Ich weiß noch nicht genau. Vermutlich werde ich mit Peer reden. Vielleicht war ich ein bisschen ungerecht, aber es hat mich einfach geärgert. Wir sollten füreinander da sein." Rebecca schwieg einen kleinen Moment und fügte dann schnell hinzu: „Wir sind schließlich Kollegen." Sie trank ihren Cappuccino aus.

„Warum nehme ich mir so viel Zucker?", fragte sie sich leise. Sie sah auf die leeren Tütchen. „Warum nehme ich überhaupt Zucker? Ich bin heute wirklich ein bisschen neben der Spur." Wenige Minuten später standen sie auf. Der Kapitän umarmte seine Tochter kurz. Rebecca war zu verblüfft, um zu reagieren.

„Rede mit ihm, Schatz", sagte der Kapitän, ehe er die Offiziersmesse verließ.

*

Obwohl Juliane ihm über Jakob einen schönen Ausflug hatte ausrichten lassen, wollte Anton schon noch einmal persönlich mit Juliane sprechen. Er wollte wissen, wie es seiner Freundin ging. Noch immer war es für Anton wie ein Wink des Schicksals, dass er tatsächlich mit Juliane Gstattner zusammen war. Er klopfte an ihre Kabinentür, doch Juliane machte nicht auf. Er wartete ein bisschen und versuchte es erneut.

„Juli?", fragte er, doch er erhielt keine Antwort. Vielleicht schlief sie tatsächlich noch?

Inzwischen machte Anton sich Sorgen. Er hob die Hand, um ein weiteres Mal an ihre Kabinentür zu klopfen, da sah er Juliane am Ende des Ganges. Sie ging Richtung Aufzug davon. Anton lief ihr hinterher.

„Juliane!", rief er. Sie schien, als hätte sie ihn gehört, denn Juliane stutzte einen Moment, doch schließlich setzte sie ihren Weg fort. Aber sie musste ihn doch gehört haben, oder nicht? Anton lief den Gang entlang, bog um die Ecke und stand vor dem Aufzug. Weit und breit keine Juliane! Doch er hatte sie gesehen, ganz sicher. Mit dem Fahrstuhl war sie nicht gefahren, der war noch auf einer der oberen Ebenen und kam nur langsam zu diesem Deck. Die Treppe konnte sie auch nicht benutzt haben, denn es waren keine dumpfen Schritte auf dem dunkelroten Teppich der Stufen zu hören. Hinter ihm führte eine unscheinbare Tür in den *Staff Only* Bereich. War Juliane dort lang gegangen? Aber hinter diese Tür durfte er ihr nicht folgen. Anton rang mit sich und hatte bereits eine Hand an dem Türgriff, als er die Durchsage des Kapitäns hörte, der die Gäste auf das Anlegen in Lissabon aufmerksam machte. Anton nahm die Hand vom Türgriff und ging zwei Decks nach oben, wo Jakob schon auf ihn wartete.

Juliane stand mit dem Rücken an die Tür zum *Staff Only* Bereich gelehnt. Hierhin hatte ihr Anton nicht folgen können. Sie wollte nicht mit ihm reden, denn noch immer konnte sie nicht fassen, wie er ihr so etwas vormachen konnte. Sie kam sich so blöd und von ihm bloßgestellt vor. Juliane ärgerte sich über sich selbst, dass sie so leicht auf Anton hereingefallen war.

„Juli, was machst du denn hier?", fragte Natascha, die eben ihre Pause hatte, und ihre Freundin an die Tür gelehnt stehen sah.

„Ehrlich gesagt, ich verstecke mich."

„Echt? Vor wem?", fragte Natascha verblüfft.

„Vor Anton." Juliane stieß sich von der Tür ab. „Ich bin so eine dumme Kuh, Tascha, ich habe mich in Anton verliebt, aber es war alles nur ein Spiel." Natascha sah ihrer Freundin an, wie sehr sie durch den Wind war.

„Wie wäre es, Juli, lass uns etwas essen gehen und du erzählst mir die ganze Geschichte."

„Na gut, wenn du magst."

„Auf jeden Fall, ich will alles wissen und dann suchen wir Cassandra und sprechen über deine

Abschiedsparty. Da lassen wir es richtig krachen, abgemacht?!"

„Abgemacht", stimmte Juliane zu. Natascha war wirklich eine gute Freundin und sie versuchte sie aufzuheitern. Juliane nahm sich vor, sich zusammenzunehmen. Wenn sich Natascha nun schon Zeit für sie nahm, musste sie hier zumindest nicht das heulende Elend sein.

*

Peer traf Christian auf der Brücke. Von der rechten Brückennock hatte er einen guten Blick auf die Pier. Die *Diamond Lady* lag im Hafen von Lissabon. Es war später Nachmittag. Da sie erst am nächsten Tag um diese Zeit wieder ablegen würden, waren noch viele Passagiere in der Stadt unterwegs.

„Christian, hast du Zeit?", fragte Peer. „Der Käpt'n will uns sprechen."

„Ja sicher", antwortete der Staff-Kapitän und folgte seinem Kollegen zum Büro von Kapitän Andersen. Peer roch nach kaltem Zigarettenrauch. Stress-Rauchen, so nannte Peer seine zeitweise auftretende Sucht nach Nikotin. Christian selbst rauchte nicht und hätte nur ungern für Zigaretten Geld ausgegeben. Er wusste allerdings, dass Peer zusätzlich auch noch Ärger mit Rebecca hatte und das schien ihn gerade wohl mehr zu stressen, als die Situation mit Kapitän Andersen. Sie klopften und traten ins Büro. Der Kapitän bot ihnen an, wie am Tag zuvor, Platz zu nehmen und wenige Minuten darauf betrat auch Frank Ehring das Büro.

„Meine Herren", wandte sich Kapitän Andersen an Peer und Christian, „ich habe über alles, was Sie mir erzählt haben, nachgedacht. Ich kenne Sie noch nicht lange, doch ich habe einen ersten Eindruck von Ihnen in den letzten Wochen gewinnen können. Dieser Eindruck bringt mich dazu, dass ich nur ungern auf einen von Ihnen verzichten würde. Die Reederei überlässt mir glücklicherweise die Entscheidung. Daher habe ich mich nun dazu entschlossen, dass Sie beide eine Abmahnung bekommen. Ich verlange in Zukunft sofort über Vermutungen, dass etwas nicht richtig läuft, oder Ähnliches, in Kenntnis gesetzt zu werden. Sie unternehmen keine Alleingänge und halten mit mir Rücksprache, sobald Ihnen etwas seltsam erscheint." Der Käpt'n unterbrach sich kurz. „Mir ist bewusst, dass Sie nicht viele Möglichkeiten hatten, sich anders zu verhalten. Doch Sie hätten versuchen können, Gewissheit zu bekommen. Außerdem hätte ich erwartet, dass Sie sich mir schneller anvertrauen. Sie kennen mich nicht, das ist mir klar, aber durch Ihr Zögern haben Sie nicht zur Klärung der Situation bei-getragen." Der Kapitän schwieg kurz, ehe er fortfuhr. Der nächste Punkt war nicht unwichtig und hatte ihn insgeheim davon überzeugt, dass eine Abmahnung alles war, was er unternehmen sollte. „Ich habe mit den verschiedenen Kolleginnen und Kollegen gespro-chen, mit denen Sie zusammenarbeiten. Die Mei-nungen waren einstimmig und alle durchweg positiv. Sie vermitteln Ihren Kollegen ein Gefühl von Zusammenhalt und Sicherheit. Alle bestätigten mir, dass Sie absolute Teamarbeiter sind, das bestätigt auch meinen Eindruck. Ich möchte dennoch, dass Sie zukünftig noch stärker darauf achten, sich mitzuteilen und nicht alles alleine klären zu wollen. Ich hoffe, ich habe mich deutlich ausgedrückt, was ich damit meine?", fragte der Kapitän. Die beiden Männer stimmten ihm zu.

„Gut, dann können Sie zurück an Ihre Arbeit gehen." Nachdem die beiden jüngeren Männer gegangen waren, blieben Frank Ehring und der Kapitän im Büro zurück.

„Ich finde, du hast die richtige Entscheidung getroffen, Robert."

„Danke, Frank. Es freut mich, dass wir in dieser Angelegenheit gleicher Meinung sind."

*

Jakob und Anton genossen das Lissabonner Nachtleben. Es gab viele Clubs und Bars. In den frühen Morgenstunden trafen sie eine Gruppe junger Frauen, die ebenfalls auf der *Diamond Lady* Urlaub machten und das Lissabonner Nachtleben auskosten wollten. Die vier Frauen kamen aus Dänemark und Jakob und Anton verstanden sich blendend mit ihnen. Dennoch wanderten Antons Gedanken immer wieder zu Juliane. Er hatte ihr bereits mehrere Nachrichten geschrieben, doch bis jetzt hatte sie noch auf keine der kurzen Nachrichten reagiert. Ging es ihr so schlecht? Sobald Anton auf dem Schiff war, würde er bei Juliane vorbeischauen. Am liebsten wäre er sofort los, um mit ihr zu sprechen, aber vermutlich lag Juliane jetzt schlafend im Bett und sie zu wecken, würde ihrer Gesundheit, wenn es ihr schlecht ging, auch nicht zuträglich sein. Außerdem war es unfair, Jakob hier alleine zu lassen. Anton versuchte daher, die Zeit so gut es ging zu genießen. Am frühen Vormittag des kommenden Tages kehrten sie auf die *Diamond Lady* zurück. Die vier Frauen aus Dänemark begleiteten sie. Die Stimmung war nach den diversen Drinks sehr gut und ordentlich angeheitert. Jakob bemerkte dennoch, dass Anton sich, sobald sie die *Diamond Lady* erreichten, umsah, ob er vermutlich Juliane irgendwo entdecken konnte. Inzwischen machte sich das schlechte Gewissen bei Jakob schon ziemlich bemerkbar. Es war nicht in Ordnung gewesen, dass er Anton und Juliane so belog. Er war kurz davor, Anton sofort die Wahrheit zu sagen, doch da überlegte es sich Jakob anders. Besser er sagte es ihm an einem der kommenden Tage. Sicher würden sie alle darüber lachen können, wenn er es Juliane und Anton erklärte. Es war doch bloß eine kleine Albernheit gewesen.

Anton schaute sich immer wieder um. Es war früher Vormittag, sicher war Juliane schon wach. Er beschloss, sofort zu ihrer Kabine zu gehen. Doch bevor er diesen Plan umsetzen konnte, sah er Juliane tatsächlich auf einem der oberen Decks zusammen mit Natascha und einer weiteren jungen Frau mit blonden lockigen Haaren. Er winkte ihr zu. Tatsächlich! Juliane sah zu ihm nach unten. Sie war zu weit weg, ihren genauen Gesichtsausdruck konnte Anton nicht sehen, doch sie schien ihm kurz zuzunicken. Anton ließ Jakob und die vier Frauen aus Dänemark mit einem „Entschuldigt mich bitte" zurück und lief die nächste Treppe nach oben, um das obere Deck zu erreichen. Dort angekommen sah er sich um. Wie konnte das sein? Schon wieder keine Spur von Juliane oder von einer der anderen beiden Frauen. Wo waren sie so schnell hingegangen? Sie hätten ihm doch entweder entgegenkommen müssen, oder aber er müsste sie hier auf diesem Deck noch sehen. Zumindest wusste er nun, dass es Juliane wieder besser ging, tröstete sich Anton. Er würde sie im Laufe dieses Tages schon finden. Langsam ging er die Treppe wieder nach unten. Jakob hatte auf ihn gewartet. Irgendwie machte er auf Anton einen unruhigen Eindruck.

„Was ist?", fragte Anton.

„Nichts", entgegnete Jakob sofort. Er wusste, dass Anton Juliane auf einem der oberen Decks erspäht hatte und vermutlich ging sie ihm nun aus dem Weg und vermied es, ihm zu begegnen.

Du musst es ihm sagen, hörte Jakob sein Gewissen in seinem Kopf immer und immer wieder, doch er konnte sich dazu nicht durchringen.

*

Als Sicherheitsoffizier hatte Peer ein kleines Büro zusätzlich zu der Station hinter der Brücke, von der aus im Notfall alles gesteuert werden konnte. Er saß an seinem Schreibtisch. Draußen war es bereits stockdunkel. Die Lichter der *Diamond Lady* spiegelten sich im Wasser. Es klopfte an seiner Bürotür und Peer sah auf.

„Ja, herein?!", sagte er. Rebecca betrat das Zimmer.

„Becca", erwiderte Peer überrascht. Er stand sofort auf und sah sie ernst an.

„Hey", grüßte Rebecca ihn. „Kann ich reinkommen oder hast du was zu tun?" Sie hatte noch immer eine Hand an der Tür.

„Nein. Klar, komm rein." Peer kam um den Tisch herum und nahm mehrere Ordner von dem Stuhl, der vor seinem Schreibtisch stand.

„Setz dich doch."

„Nein, ich denke, ich stehe lieber. Hör zu, Peer, ich war vielleicht ein bisschen grob. Es hat mich geärgert, dass du mir nichts erzählt hast. Aber ... als ich gesagt habe, dass ich dich nicht mehr sehen will, war das ein bisschen übertrieben. Ich ..." Rebecca hatte bei ihren bisherigen Worten durchs Zimmer geblickt, als suchte sie dort nach Antworten, nun sah sie Peer ins Gesicht.

„Du musst dich doch nicht entschuldigen", sagte Peer sofort. „Es war meine Schuld, ich hätte es dir erzählen sollen. Ich vertraue dir. Es war ein Fehler, es dir nicht zu sagen, nur aus dem Grund, weil ich glaubte, dich beschützen zu müssen. Ich glaube, ich hatte einfach Angst, dass du dich genauso mies fühlen würdest wie ich. Glaub mir, Becca, in den letzten Wochen habe ich mir fast jeden Tag Vorwürfe gemacht und ich bin froh, dass es jetzt endlich vorbei ist." Peer und Rebecca standen sich nah gegenüber. „Dein Vater ist echt okay", sagte Peer.

„Ja, ich weiß." Rebecca warf einen Blick auf ihre Armbanduhr. „Hast du nicht eigentlich auch schon Feierabend?"

„Ja, eigentlich schon. Seit einer halben Stunde." Sie sahen sich schweigend an. „Also, sind wir wieder Freunde?", fragte Peer leiser.

„Ja, das sind wir", antwortete Rebecca ebenso leise.

„Sehr gut", murmelte Peer und zog sie in eine innige Umarmung. Rebecca erwiderte diese Umarmung ebenso zärtlich. Sie legte ihren Kopf an Peers starke Schulter. Hörte auf seinen Herzschlag. Warum schaffte er es immer, dass sie sich in seinen Armen so geborgen und sicher fühlte?

„Du bist mir sehr wichtig", flüsterte Peer nah an ihrem Ohr.

„Du bist mir auch sehr wichtig, Peer", erwiderte Rebecca und hauchte ihm einen Kuss auf die rechte Wange.

„Wie habe ich mir den verdient?", fragte Peer.

„Was? Den Kuss? Dafür gibst du mir halt demnächst einen Kaffee aus", entgegnete Rebecca keck und lächelte Peer an. Peer hatte den Eindruck, sein Herzschlag beschleunigte sich um das Doppelte für die Dauer von Rebeccas Lächeln. Er musste sich beherrschen, sich für den Kuss nicht gleich sofort zu revanchieren. Mit einem Gegenkuss. Gab es dieses Wort? Peer war es egal. Doch nicht hier, nicht jetzt. Sie hatten eine Abmachung getroffen, damals vor etwas mehr als fünf Jahren.

*

Juliane hatte den gestrigen Tag entweder auf ihrer Kabine oder zusammen mit Cassandra und Natascha im Staff-Bereich verbracht. Zusammen mit ihren ehemaligen Kolleginnen hatte sie ihre Abschiedsfeier geplant und sich abgelenkt. Wie hatte sie sich von Anton nur so täuschen lassen können? Natürlich hatte Juliane nach einiger Zeit an Jakobs Aussage zu zweifeln begonnen. Anton schien ihr nicht jemand zu sein, der nur den schnellen Spaß suchte, doch nachdem sie ihn nun am gestrigen Tag mit diesen Frauen aufs Schiff zurückkommen sah, fühlte sie sich noch dämlicher als sowieso schon. Nicht nur, dass Jakob tatsächlich die Wahrheit gesagt hatte, als er ihr von der Wette erzählt hatte. Nein, sie war auch noch so naiv gewesen, darauf zu hoffen, dass Anton anders wäre, als andere Männer.

„Juli!", hörte sie plötzlich Anton hinter sich rufen. Juliane war kurz davor, sofort wieder in ihre Kabine zurück zu flüchten, doch dann entschied sie sich dagegen. Sie musste sich nicht schämen, sie hatte sich nicht falsch verhalten. Sie hatte Anton nichts vorgemacht! Dennoch verspürte Juliane kein Bedürfnis, mit Anton zu sprechen und deswegen eilte sie den Gang entlang.

„Juliane, bleib stehen, ich möchte mit dir reden!", rief Anton und lief hinter ihr her.

„Ich will aber nicht mit dir reden, Anton!" Juliane wollte weitergehen, doch Anton hielt sie sanft am Arm fest.

„Lass mich los!", sagte sie barsch.

„Juliane, was ist denn los? Ich merke doch, dass etwas ist!" Anton tat wie die Unschuld vom Land und das nahm Juliane ihm nun nicht mehr ab. Für wie blöd hielt er sie denn?

„Willst du mit nach Cádiz?", fragte Anton vorsichtig.

„Das ist jetzt echt nicht dein Ernst, oder?!", schnappte Juliane wütend.

„Was?! Ich verstehe nicht, was ist denn plötzlich mit dir? Habe ich irgendetwas getan?", fragte Anton. Konnte Juliane tatsächlich so wütend sein, nur weil sie ihn gestern mit diesen Frauen hatte an Bord kommen sehen?

„Spiel hier nicht den Unschuldigen, Anton! Ich weiß genau, was los ist!"

„Ist es wegen der Frauen von neulich?! Die haben wir nur in Lissabon getroffen und wir sind dann gemeinsam aufs Schiff zurück. Mehr ist da nicht gelaufen!"

„Schön, soll ich mich jetzt freuen, oder was?!" Juliane dachte kurz nach und da konnte sie nicht mehr an sich halten. „Jakob hat mir von eurer Wette erzählt, Anton! Die Wievielte bin ich denn?" Sie wischte sich über die Augen. „Für mich war es kein Spiel, Anton. Ich hatte mich wieder in dich verliebt und ich hatte gehofft, es würde dir genauso gehen. Aber da habe ich mich wohl getäuscht! Kannst du dir vorstellen, wie lächerlich ich mir nun vorkomme?!" Anton sah Juliane sprachlos an. Juliane sah Anton verletzt und traurig an. „Ich hätte das nie von dir gedacht", sagte sie leiser. Schließlich wandte sie sich von ihm ab. Keinen Moment länger konnte sie vor Anton stehen und ihre Tränen zurückhalten. Sie lief den Gang entlang. Sie wollte nicht, dass Anton womöglich nun auch noch sah, wie sie zu weinen begann. Diese Genugtuung wollte sie ihm nun nicht gönnen. Wie hatte er sich in dieser kurzen Zeit nur wieder so sehr in ihr Herz stehlen können? Vielleicht weil diese Gefühle von damals nie wirklich verschwunden waren, kam es Juliane in den Sinn. Diese Erkenntnis half ihr nun aber auch nichts mehr.

*

Anton ging auf direktem Weg ins Fitnessstudio. Er fand Jakob sofort.

„Jakob, was hast du zu Juliane gesagt?", fragte Anton ohne Umschweife. Seine Stimme war ruhig, doch er spürte, dass er die Fäuste geballt hatte. Für einen kleinen Augenblick hatte er sich gedacht, dass es eine Erklärung geben musste, Jakob konnte nicht so hinterhältig sein. Jakob sah ihn an und da wusste Anton, dass er sich in Jakob getäuscht hatte.

„Anton, hör zu." Jakob schien sofort zu wissen, um was es ging. „Okay, ich hab Mist gebaut, ich habe ihr gesagt, wir hätten eine Wette am Laufen, wer mehr Mädels klarmacht." Jakob sah kurz zu Boden. „Es tut mir leid. Ich werde es Juliane beichten, in Ordnung?"

„Gar nichts wirst du!", entgegnete Anton wütend. „Weißt du was?! Das war's, Jakob. So jemand wie du ist kein Freund!"

„Mann, Anton, jetzt lass es mich halt erklären! Ich bin ja selbst nicht stolz darauf, ich ..."

„Hast du nicht gehört?! Ich will es nicht wissen!" Da drehte sich Anton um. Jakob wollte ihn an der Schulter festhalten.

„Jetzt bleib stehen, es tut mir leid, ich ..."

Anton drehte sich um und verpasste Jakob einen Faustschlag. Jakob wich erschrocken zurück. Er schmeckte Blut, als er sich mit der Zunge über die Unterlippe fuhr. Anton und er hatten sich noch nie ernsthaft geprügelt, als Kinder hatten sie herumgealbert oder sich kleine Rangeleien geliefert, doch noch nie waren sie ernsthaft aufeinander losgegangen. Für einen kleinen Augenblick sah es so aus, als täte es Anton leid, doch dann wurde seine Miene wieder finster.

„Es gibt manche Dinge, die tut man einfach nicht. Freunde sollten sich vertrauen können. So jemand wie du, ist kein Freund." Anton drehte sich um und verließ das Fitnessstudio. Jakob versuchte nicht, ihn aufzuhalten. Er wusste, dass er sich wie ein Idiot verhalten hatte und die Situation richtigstellen musste. Dass Anton ihm eine reingehauen hatte, konnte er verstehen. Jakob war unsicher, was er machen sollte. Das Schiff legte bald in Cádiz an. Als Jakob wenige Minuten später auf die Kabine ging, war von Anton nichts zu sehen. Seine Jacke und der Geldbeutel fehlten, aber sein Smartphone lag noch da. Bestimmt suchte Anton nach Juliane, um ihr alles zu erklären. Wenn sie ihn überhaupt anhörte. Jakob duschte sich und zog sich um, die *Diamond Lady* hatte inzwischen in Cádiz angelegt. Von Anton fehlte noch immer jede Spur. Doch da läutete Antons Smartphone. Jakob ging hin. Antons Mutter war dran.

„Guten Morgen Jakob, wie geht's dir?" Ja, so waren die Hofbichlers. Herzlich und zuvorkommend, Jakob hatte sich immer wie ein Teil der Familie gefühlt und nun konnte es sein, dass er mit seiner Lüge alles zerstört hatte.

„Mir geht's gut, Ilse", erwiderte Jakob ausweichend. „Du wolltest mit Anton sprechen, oder? Er ist gerade nicht in der Kabine."

„Das macht nichts. Ich kann auch später mit ihm reden, oder wenn ihr dann endlich wieder hier seid. Ich vermisse euch beide schon sehr. Georg schimpft immer mit mir, weil ich viel zu viel koche." Anton und Jakob aßen unter der Woche, wenn es sich ergab, bei den Hofbichlers zu Mittag. Jakob biss sich kurz auf die schmerzende Unterlippe, er war so ein Idiot.

„Ich habe mich nur so gefreut, weil Anton mir ein Bild von sich und Juliane geschickt hat", fuhr Ilse Hofbichler fort. „Die zwei waren wohl auf einem Leuchtturm und Anton sieht so glücklich aus, ich wollte ihm nur sagen, wie sehr ich mich für ihn freue." Jakob hätte sich am liebsten geohrfeigt. Was hatte er nur gemacht? Wie hatte er sich nur so falsch verhalten können?

„Ja, ich weiß", sagte Jakob nur.

„Ist wirklich alles in Ordnung mit dir, Jakob, du klingst irgendwie müde?"

„Alles gut, ich fühle mich nur ein bisschen schlapp. Wird sicher wieder besser." Jakob versuchte, einen aufgeweckteren Ton anzuschlagen. „Ich sage Anton, dass du angerufen hast."

„Mach das, wir sehen uns."

„Ja, bis in ein paar Tagen." Jakob legte auf und fühlte sich mieser als jemals zuvor. Er wusste nicht, wie er dieses Debakel wieder richten konnte.

*

Anton war, nach seinem Aufeinandertreffen mit Jakob, schnell auf die Kabine gegangen, hatte seine Jacke und seinen Geldbeutel geholt, und machte sich nun auf die Suche nach Juliane. Nun verstand er, warum sie so schlecht auf ihn zu sprechen gewesen war. Nun ergab alles einen Sinn. Anton war so sauer auf Jakob. Er konnte nicht verstehen, wie ihm sein bester Freund, der für ihn wie ein Bruder war, so etwas hatte antun können? Aber nun war es wichtiger, Juliane zu finden. Anton musste ihr sagen, dass Jakob sie angelogen hatte. Es gab keine Wette, es hatte nie eine Wette gegeben. Er liebte Juliane, wurde Anton mehr als deutlich bewusst, er liebte sie seit der gemeinsamen Schulzeit. Dies musste er ihr nun sagen. Anton eilte, während die *Diamond Lady* in Cádiz anlegte, über alle Decks. Zuerst klopfte Anton an Julianes Kabine, niemand öffnete ihm.

„Juliane, bist du da?", fragte er nach. „Ich liebe dich. Jakob hat gelogen, als er von der Wette erzählt hat", sagte Anton der geschlossenen Kabinentür. Sie schien tatsächlich nicht da zu sein. Er versuchte sie auf den Decks, auf der Treppe oder im Poolbereich zu finden. Nirgendwo hatte er Glück. Selbst Natascha konnte er nicht finden. Vermutlich hatte die junge Rezeptionsangestellte Pause. Es war wie verhext. Dann auf einem der oberen Decks hatte er Glück. Anton erblickte Juliane, wie sie gerade mit Natascha das Schiff verließ. Er beeilte sich, doch es dauerte etwas mehr als zehn Minuten, bis auch er das Schiff verlassen hatte. Juliane war wieder verschwunden. Doch so leicht wollte sich Anton nicht geschlagen geben. Er eilte los, durch die Straßen und Gassen von Cádiz auf der Suche nach seiner großen Liebe.

*

Jakob wanderte zuerst ziellos über die Decks. Das Casino hatte geschlossen, genauso wie die ganzen Läden. Juliane hatte Jakob und Anton auf einem der letzten Ausflüge erklärt, dass dies, wenn das Schiff im Hafen lag, wegen der zollfreien Zone auf der *Diamond Lady* immer so gehandhabt werden musste. Beim Casino lag es an den unterschiedlichen Gesetzen der verschiedenen Länder in Sachen Glücksspiel. Nach ein paar weiteren Runden über die Decks fand sich Jakob in der *Meridian-Lounge* wieder. Jakob setzte sich an einen der Tische und bestellte sich einen Long Island Ice Tea.

„Sind Sie der spanischen Sonne inzwischen überdrüssig?", begrüßte ihn der Kapitän, als er bereits den zweiten Drink bestellt hatte.

„Ja, vielleicht", murmelte Jakob. Er wusste noch immer nicht, was er machen sollte.

„Sie sind alleine hier?"

„Ja, ich glaube die anderen werden nichts mehr mit mir zu tun haben wollen." Der Kapitän sah ihn irritiert an.

„Hätten Sie einen Moment?", fragte Jakob ihn.

„Sicher", entgegnete Kapitän Andersen und setzte sich an Jakobs Tisch. Er bestellte sich einen Cappuccino, weil es noch später Vormittag war, und wartete ab.

Schließlich begann Jakob zu berichten, von der Lüge, die er Juliane erzählt hatte und dass er Anton danach auch belogen hatte. Davon, dass er beide bis heute im Ungewissen gelassen hatte. Der Kapitän hörte ihm zunächst schweigend zu.

„Aber warum haben Sie denn überhaupt so etwas erzählt?"

„Ich weiß nicht genau, ich denke, ich war eifersüchtig, weil Anton ... weil er dann einfach alles hat. Eine Familie, die hinter ihm steht und sich für ihn interessiert. Eltern, die sich Sorgen machen, die ihm immer einen Job in ihrer Firma geben würden, ganz gleich was passiert. Schwestern, denen er alles erzählen kann, was ihn belastet. Das hat er doch schon! Und jetzt findet er auch noch die Frau, die ihn liebt. Aufrichtig liebt, nicht nur nach Äußerlichkeiten geht." Der Kapitän meinte herauszuhören, dass Jakobs Beziehungen wohl in der Regel oberflächlicher Natur waren. Vielleicht hatte er sich bis jetzt noch nie wirklich verliebt.

„Ich war einfach zornig, weil er mir nie von seinen Gefühlen für Juliane erzählt hat, aber den anderen aus seiner Familie schon! Ich dachte einfach, ich würde zu seiner Familie dazugehören."

„Ich glaube, das tun Sie schon", sagte der Kapitän. „Doch es gibt für jedes Thema, für jedes Geheimnis auch den Richtigen, der es hören darf. Sicher hat Anton Ihnen Dinge anvertraut, die der Rest der Familie nicht weiß." Jakob dachte darüber nach. Der Kapitän hatte nicht unrecht, natürlich gab es Dinge, oft jugendliche Streiche, die sie gemeinsam erlebt hatten und die sie niemanden erzählt hatten. Mehr und mehr wurde Jakob klar, dass er sich völlig falsch verhalten hatte und es keine Entschuldigung für seine Lüge gab.

Natürlich schockierte es den Kapitän, wie jemand seine Freunde so belügen konnte. Doch da er nun sah, wie sehr Jakob unter der Situation litt und er seine Tat inzwischen zu bereuen schien, entschloss sich Kapitän Andersen, dem jungen Mann zu helfen.

„Ich denke, Sie sind der Einzige, der die Situation nun auch wieder geraderücken kann."

„Wie denn? Anton redet sicher kein Wort mehr mit mir und Juliane wird mir, selbst wenn sie mich anhört, bestimmt kein Wort mehr glauben." Jakob schien sich schon selbst verschiedene Möglichkeiten überlegt zu haben, alles aufzuklären. „Und außerdem, warum sollte Juliane mich anhören?"

„Weil ich glaube, dass sie Anton sehr gerne hat und weil ich einen Plan habe. Dafür müssen Sie es aber wirklich aufklären wollen?!"

„Das will ich", stimmte Jakob sofort zu.

„Gut, dann passen Sie auf, ich erkläre Ihnen, wie wir vorgehen werden...", begann der Kapitän.

*

Juliane kehrte mit Natascha soeben auf die *Diamond Lady* zurück. Sie war froh, dass sie es bis jetzt geschafft hatte, Anton aus dem Weg zu gehen. Es war ihr letzter gemeinsamer Ausflug mit ihrer guten Freundin Natascha gewesen. Mit wehmütigen Gedanken dachte Juliane an die baldige Abreise. Nie zuvor hätte sie zuvor gedacht, dass die *Diamond Lady* so etwas wie ein Zuhause für sie hatte werden können, doch es war geschehen. Durch die stetig wechselnden Gäste hatte sie ihre Kollegen und das Schiff als eine willkommene Konstante in ihrem Leben wahrgenommen.

„Frau Gstattner?", hörte Juliane neben sich eine Stimme. Es war Kapitän Andersen.

„Käpt'n?", fragte Juliane zurück.

„Hätten Sie einen Augenblick Zeit?", fragte der Kapitän.

„Ja klar, um was geht es?", fragte Juliane und verabschiedete sich von Natascha.

„Es geht um ... Ihre Abschiedsfeier", sagte der Kapitän schnell. Er spürte, dass Juliane Gstattner ziemlich niedergeschlagen war. Wer mochte es ihr verdenken? Jakob hatte ihr mit seiner Lüge einen ziemlichen Kopf gemacht, außerdem rückte Julianes Abschied von ihren ehemaligen Kollegen mit jedem Tag näher.

„Ach so, in Ordnung", erwiderte Juliane und schien irritiert.

Der Kapitän führte Juliane mehrere Decks nach oben, bis sie bei der *Meridian-Lounge* ankamen. Juliane war noch immer etwas irritiert. An einem Tisch sah Juliane Jakob sitzen. Juliane blieb kurz stehen, am liebsten wäre sie auf der Stelle umgekehrt.

„Kommen Sie, Juliane. Jakob möchte mit Ihnen sprechen", sagte der Kapitän freundlich. Juliane haderte mit sich. Was sollte ihr Jakob schon sagen wollen, das jetzt noch einen Wert für sie hatte?

Doch nach einem kurzen Zögern betrat Juliane die Bar und setzte sich wie der Kapitän zu Jakob an den Tisch.

„Okay, was willst du mir denn sagen, Jakob?", fragte Juliane.

„Ich weiß, du willst mich vielleicht nicht mehr sehen, aber es ist wichtig, dass du eine Sache weißt. Hör zu, Juliane, es gab nie eine Wette zwischen Anton und mir, wer von uns mehr Frauen kriegt in diesem Urlaub", sagte Jakob und sah Juliane ernst an.

„Was?!", fragte Juliane nach, noch bevor Jakobs Worte für sie einen Sinn ergaben.

„Ich habe dich angelogen, als ich gesagt habe, dass Anton und ich diese Wette am Laufen haben, es stimmt nicht. Diese Wette gab es nie." Juliane sah Jakob zuerst wütend an, dann dämmerte ihr langsam, was dies zu bedeuten hatte. Alles was Anton gesagt hatte, war demnach wahr. Dass er keine Ahnung von dieser Wette hatte, dass er sie, Juliane, schon immer gemocht hatte, dass er sie liebte. Alles entsprach der Wahrheit. Er hatte sie nicht belogen. Juliane merkte, wie sich das Gefühl der Wut auf Jakob mit dem Gefühl grenzenloser Erleichterung und Freude mischte, dass der Mann, in den sie sich verliebt hatte, ihre Gefühle tatsächlich erwiderte.

„Juliane?", fragte Jakob vorsichtig nach. „Verstehst du, was ich damit sagen will?" Er war irritiert von Julianes Reaktion. Zuerst hatte sie ausgesehen, als wollte sie ihn gleich eigenhändig über Bord werfen, dann plötzlich sah sie fast schon glücklich aus. Dieser Ausdruck war nun einem etwas nachdenklichen Blick gewichen.

„Ich glaube, ich verstehe genau, was du damit sagen willst, Jakob. Du bist echt ein Mistkerl, weißt du das?!", entgegnete Juliane.

„Das weiß ich selbst", entgegnete Jakob. „Rede du bitte mit Anton. Ich denke, mit mir will er nichts mehr zu tun haben, nachdem er alles weiß." Jakob stand auf und bevor er die Bar verließ, sagte er an den Kapitän gewandt: „Vielen Dank, für Ihre Hilfe, Käpt'n." An Juliane gewandt erwiderte er: „Es tut mir leid. Ich war ein Idiot. Danke, dass du mich angehört hast." Dann verließ Jakob die Bar. Juliane sah ihm kurz nach, dann blickte sie Kapitän Andersen an.

„Deswegen wollten Sie mit mir sprechen, damit ich Jakob anhöre und ihn nicht stehen lasse, wenn er versucht, mir alles zu gestehen?", fragte Juliane nach.

„So ist es. Jakob bereut es wirklich sehr. Vielleicht können Sie und Anton ihm ja verzeihen."

„Vielleicht", sagte Juliane ausweichend. Da erzählte ihr der Kapitän kurz alles, was Jakob ihm gesagt hatte. Juliane verstand, dass die Freundschaft zwischen Anton und Jakob ähnlich fest war, wie bei Brüdern, die sich gut verstanden. „Ich gehe mal und suche Anton", beschloss Juliane schließlich, nachdem Kapitän Andersen ihr alles gesagt hatte.

„Machen Sie das, ich glaube, er wird sich freuen, Sie zu sehen." Der Kapitän sah Juliane Gstattner nach, die den Tisch verließ und nach ihrer großen Liebe suchte. Wie sooft in solchen Momenten wanderten seine Gedanken zu seiner verstorbenen Frau Christa. Die Liebe zu ihr war nie so kompliziert gewesen, zwischen ihnen hatte es in den Jahren ihrer Ehe keine Missverständnisse gegeben. Alles hatte sich so leicht mit ihr angefühlt, als würden sie zu zweit beständig in einer anderen Welt schweben. Erst nach ihrem Tod hatte sich der Kapitän eingestehen müssen, dass er wohl Christa zu wenig seiner Zeit und Aufmerksamkeit geschenkt hatte. Hatte sie in ihrer Ehe mit ihm auf zu viel verzichten müssen? War sie wirklich ebenso glücklich gewesen wie er? Seine Schwester, die eine gute Freundin von Christa gewesen war, hatte ihm versichert, dass Christa glücklich gewesen war. Frank Ehring hatte ihm vorgeworfen, er habe zu sehr an sich gedacht. Ganz so hatte es Frank aber damals nicht gemeint. Sie hatten beide Dinge gesagt, die sie später gerne zurückgenommen hätten. Inzwischen war das Verhältnis von Kapitän Andersen zum General Manager Frank Ehring deutlich besser als in den letzten fünfzehn Jahren. So vertraut, wie in der Vergangenheit vor Christas Tod, waren sie allerdings nicht mehr. Doch vielleicht würde sich dies in den nächsten Jahren wieder zum Positiven ändern.

*

Erst als sie Anton suchte, merkte Juliane wieder, wie groß die *Diamond Lady* eigentlich war. Die ersten Tage auf dem Schiff war es ihr riesig erschienen, die letzten Monate allerdings schien sie sich an die Größe gewöhnt zu haben und die *Diamond Lady* kam ihr im Vergleich zu anderen Kreuzfahrtschiffen fast schon heimelig vor. Doch nun, da sie versuchte, Anton zu finden, merkte sie, dass es nicht leicht werden würde. Die *Diamond Lady* legte soeben von Cádiz ab. Anton musste doch auf dem Schiff sein?! Juliane eilte weiter. Draußen wurde es bereits dämmrig. Juliane sah kurz aus dem Fenster. Dort stand Anton an der Reling am Heck und sah hinaus auf das Wasser. Er hatte beide Ellenbogen auf die Reling aufgestützt. Obwohl Juliane ihn nur von hinten sah und sein Gesicht nicht sehen konnte, erkannte sie an Antons Schulterpartie, dass er niedergeschlagen war. Sie kannte ihn nun schon so lange und auch wenn sie bis jetzt noch kein Paar gewesen waren, konnte Juliane so viele Gesten und unausgesprochenen Regungen in Antons Gesicht und

Haltung richtig deuten. Er war ihr so vertraut. Juliane trat hinaus aufs Deck.

„Anton?", fragte sie. Anton richtete sich auf und drehte sich zu Juliane um.

„Juliane!", rief Anton aus und war mit wenigen Schritten bei ihr. „Juliane, hör mir zu, ich muss dir sagen, das heißt, ich will dir sagen, ..." Juliane legte ihm einen Finger auf den Mund.

„Ich weiß es schon, Anton." Juliane umarmte Anton und lehnte sich kurz an ihn, dann stellte sie sich auf die Zehenspitzen und küsste ihn leidenschaftlich. Anton erwiderte den Kuss ebenso intensiv. Er strich ihr durch die Haare und hielt sie fest in seinen starken Armen, als wollte er sie nie wieder loslassen – und damit war Juliane mehr als zufrieden.

*

Jakob war nicht beim Essen und Juliane begann sich ein bisschen zu sorgen. Wenn es Anton ebenso ging, ließ er es sich nicht anmerken. Er war verständlicherweise noch sehr sauer auf Jakob. Genauso war es Juliane gegangen. Doch nun war sie einfach nur froh, mit Anton hier zu sitzen. Sie war unbeschreiblich glücklich. Vielleicht war ihre Wut auf Jakob deswegen in den letzten Stunden, von Minute zu Minute, immer weniger geworden.

„Stört es dich, wenn ich die nächsten zwei Tage bei dir übernachte?", fragte Anton sie unvermittelt, als sie fertig mit Essen waren.

„Nein, es stört mich nicht, aber denkst du nicht, du und Jakob, ihr solltet euch aussprechen?", fragte Juliane vorsichtig nach.

„Ich wüsste nicht, was ich mit ihm noch zu besprechen hätte. Nach so einer Sache kann ich ihm nicht mehr vertrauen."

Sie trafen Jakob in der Kabine an. Er lag auf seinem Bett und zappte sich durchs Fernsehprogramm. Er wirkte ziemlich frustriert.

„Ich ziehe zu Juliane", sagte Anton zu ihm. Jakob sah ihn an, zuckte mit den Schultern und sagte nur: „Okay, mach das."

Juliane beobachtete Anton, wie er alles zusammenpackte. Es freute sie, dass Anton zu ihr zog, doch sie fand die Umstände einfach dämlich.

„Findet ihr nicht, ihr solltet versuchen, alles zu klären?", unternahm sie einen weiteren Versuch, die beiden aufzurütteln, miteinander zu sprechen.

„Nein", sagte Anton nur und verließ die Kabine. Juliane folgte ihm. Doch sie fühlte sich mit dieser Situation mehr als unwohl.

*

„Cassie, was gibt's?", fragte Rebecca, als sie in die Crew-Messe kam. Ihre Schwester hatte ihr eine Nachricht geschrieben, dass sie unbedingt, sobald sie mit ihrer Schicht fertig war, in die Crew-Messe kommen sollte. An einem Tisch saßen Jan und Cassandra.

„Gut, dass du da bist, Schwesterherz", freute sich Cassandra. „Jan hat für Julianes Abschied einen herrlichen Nachtisch gezaubert. Ich habe schon probiert und ich bin begeistert. Aber Jan meint, ich lass mich viel zu schnell von süßen Dingen begeistern, deswegen brauchen wir jetzt noch die Meinung von jemandem, der sehr kritisch und nur sehr schwer von schönen Dingen zu überzeugen ist."

„Aha, und da falle ich dir als Erstes ein?", fragte Rebecca und zog ihre rechte Augenbraue nach oben. „Na, vielen Dank."

„Tut mir leid ...", begann Cassandra.

„Ja, schon gut, also her mit dem Löffel, es sieht schon einmal sehr gut aus", sagte Rebecca anerkennend an Jan gewandt.

„Danke, Rebecca. Das ist ein Birnen-Preiselbeer-Trifle mit Baiserhaube." Rebecca probierte einen Löffel von Jans süßer Kreation. Sie schloss genüsslich die Augen, weil sie noch selten in ihrem Leben so etwas Gutes gegessen hatte.

„Jan, es schmeckt himmlisch. Juliane wird begeistert sein. Ich habe selten etwas Besseres gegessen."

„Danke dir, dann werde ich für die Abschlussparty morgen Abend eine größere Portion davon machen."

„Habe ich dir doch schon gesagt", sagte Cassandra und strich Jan anerkennend über die Schulter. „Aber mir wolltest du ja nicht glauben." Jan sah liebevoll zu Cassandra. Cassandra nahm noch einen Löffel von dem Dessert. Sie hatte schon eine größere Portion davon gegessen, doch es war einfach zu gut.

„Sollte ich jemals hier von Bord gehen, will ich auch dieses Dessert."

„Cassie, glaubst du, ich lass dich so einfach hier von Bord gehen?!", erwiderte Jan. „Das lasse ich nicht zu, Kleines. Wenn du nicht mehr hier wärst, würde mir wirklich etwas fehlen." Cassandra sah kurz geschmeichelt auf den Tisch und ihre Wangen färbten sich leicht rötlich. Diese Reaktion hatte Rebecca bei ihrer Schwester noch nie erlebt. Nur einen Augenblick später war die gewohnte Cassandra zurück.

„Keine Panik Leute, ihr müsst es schon noch länger mit mir aushalten, Leute." Jan lächelte zufrieden und stand auf, um zurück in die Küche zu gehen. Auch Rebecca und Cassandra machten sich auf den Weg in ihre Kabinen. Sie gingen nebeneinander den langen Gang entlang. Links und rechts lagen die Kabinen der Crew-Mitglieder.

„Ich habe gehört, bei dir und deinem Prince Charming ist wieder alles in Ordnung, ist das wahr?", fragte Cassandra neckend.

„Was?", fragte Rebecca irritiert zurück.

„Bei Peer und dir ist wieder alles in Ordnung, oder?"

„Woher weißt du ..., ach egal, dieses Schiff ist wie ein Dorf mit all seinem Tratsch. Ja, bei uns stimmt wieder alles. Aber der Vergleich hinkt, Cassie, Peer ist nur ein Freund. Das mit Prince Charming vergiss wieder."

„Aber eure Liebe ist größer als jeder Streit, den ihr miteinander habt", entgegnete Cassandra grinsend, sie hatte Augen und Ohren überall auf dem Schiff.

„Du siehst zu viele kitschige Liebesfilme", war Rebeccas Kommentar. Sie verabschiedeten sich voneinander. Doch Rebeccas Mund umspielte ein Lächeln. *Prince Charming*, davon musste sie Peer demnächst einmal erzählen. Sie war froh, dass zwischen ihnen alles wieder im Reinen war.

*

Anton duschte gerade, als sich Juliane aus der Kabine schlich. Sie hatte letzte Nacht noch länger wach gelegen. So konnte es nicht weitergehen mit Anton und Jakob. Anton war glücklich an ihrer Seite, doch Juliane merkte, dass ihm die ganze Situation mit Jakob zusetzte. Wenn Anton sich unbeobachtet fühlte, wirkte er niedergeschlagen und trübsinnig. Natürlich war es eine Sache, dass Jakobs Lügerei sie beinahe auseinandergebracht hätte, doch schlussendlich hatte sich Jakob aufrichtig verhalten. Juliane fand, es wäre ungerecht, wenn Anton dies nicht sehen würde. Daher hatte sie sich dazu entschlossen, alles allein in die Hand zu nehmen. Sie klopfte an der Kabine von Jakob. Er öffnete nach einiger Zeit. Er sah ziemlich verschlafen und geknickt aus und wirkte nicht, als würde er auf den Ausflug nach Valencia mitgehen.

„Guten Morgen, Jakob. Willst du Anton und mich nach Valencia begleiten?", fragte Juliane.

„Was sagt denn Anton dazu? Der will mich doch nicht mehr sehen."

„Er weiß es noch nicht. Aber wir warten unten an der Gangway auf dich. Ich finde, ihr zwei solltet es klären und dann machen wir einen schönen Ausflug zu dritt." Juliane stemmte die Hände in die Hüften, um so ihren Worten Nachdruck zu verleihen. „Entschuldige dich bei ihm, der Kapitän hat mir gesagt, dass es dir leidtut. Anton wird es sicher verstehen."

„Danke, Juliane", sagte Jakob ehrlich.

„Ist schon okay." Juliane lief zurück zu ihrer Kabine.

Jakob ging langsam die Gangway nach unten. Die Hände hatte er in den Hosentaschen. Er sah sich um. Bestimmt waren sie schon weg. Wieso sollten die zwei denn noch auf ihn warten? Jakob fühlte sich einmal mehr so alleine wie noch selten zuvor. Als er sich umdrehte, sah er Anton und Juliane soeben vom Schiff kommen. Als Anton ihn sah, verdüsterte sich seine Miene sofort. Juliane nahm ihn an der Hand und zog ihn in Jakobs Richtung.

„So", sagte sie auffordernd und sah von einem zum anderen, „jetzt vertragt euch schon. Freunde streiten sich, müssen sich dann aber auch wieder verstehen." Jakob machte den Mund auf, um etwas zu sagen, doch Anton sah ihn kalt an und kam ihm zuvor:

„Es gibt nichts, was du sagen kannst, damit ich meine Meinung ändere, also spar dir die Worte." Jakobs Schultern sackten nach unten.

„Mann, Anton, ihr seid doch wie Brüder. Es tut ihm leid. Sei doch bitte nicht so stur", erwiderte Juliane bestimmt.

„Anton, hör zu, ich kann verstehen, wenn du mir nicht verzeihen kannst, ich könnte es vermutlich auch nicht. Glaub mir, ich bereue es inzwischen selbst mehr als alles andere. Ich war so sauer, weil du mir verschwiegen hattest, dass du schon immer in Juliane verliebt warst. Ich hatte den Eindruck, dass du mich damals für so oberflächlich und hinterhältig hieltest, dass ich dir Juliane ausspannen würde oder dir nicht vergönnen würde, dass ihr zusammenkommt. Jetzt habe ich mich genau so verhalten. Du kennst mich damit besser als ich mich selbst. Ich weiß selbst nicht genau, warum ich mich so verhalten habe. Vielleicht bin ich eifersüchtig auf dich, wegen deiner Familie und eurer Firma."

„Was?", fragte Anton überrascht.

„Du hast das alles: deine Familie, deine Eltern und deine Schwestern. Ihr habt euren Zusammenhalt innerhalb der Firma, innerhalb der Familie und vielleicht bin ich manchmal neidisch", das letzte Wort hatte Jakob so leise gesagt, dass es kaum zu hören war. Anton wusste, dass Jakob es ernst meinte und mit diesem Geständnis wirklich über seinen Schatten sprang.

„Das entschuldigt natürlich nicht, dass ich dich und Juliane so belogen habe", fügte Jakob noch hinzu.

„Nein, das entschuldigt es wirklich nicht. Mann, Jakob, du hast für mich und meine Eltern schon immer zur Familie gehört. Wie kommst du denn jetzt auf die Idee, dass es anders wäre? Weil ich dir damals nichts von meinen Gefühlen für Juliane erzählt habe? Dafür warst du der erste, der wusste, dass ich am liebsten meine Ausbildung als Bürokaufmann und nicht als Elektriker machen wollte. Das hat mein Vater als Letzter erfahren damals, du erinnerst dich sicher an den ganzen Zirkus. Außerdem gibt es ein ganzes Buch an Dingen, die ich meinen Schwestern nie erzählen würde, die du aber weißt!" Anton sah Jakob ernst an.

„So habe ich das nicht gesehen", sagte Jakob ehrlich.

„Hättest du aber sollen", erwiderte Anton bitter. Er war noch immer ziemlich sauer auf Jakob. Doch bei aller Wut bedeutete ihm Jakob und die Freundschaft, die sie miteinander verband, mehr, als dass er noch länger hätte wütend auf ihn sein können.

„Okay, ich würde sagen", begann Anton schließlich, „du hast dich echt wie der größte Vollidiot benommen. Und ich bin sauer, enttäuscht und was weiß ich noch alles, aber Brüder bleiben Brüder, ganz gleich was kommt oder was war." Anton hielt Jakob die Hand als Zeichen der Versöhnung hin. Jakob sah Anton dankbar und ein wenig unsicher an und ergriff schließlich die ihm dargebotene Hand. Juliane war mehr als froh. Sie hakte sich erst bei Anton ein und dann bei Jakob.

„So Jungs, nachdem das endlich aus der Welt ist, auf geht's, Valencia wartet!"

*

Der Kapitän und sein Vize Christian Roth gingen eben zum Farewell-Dinner. Unten auf dem Crew-Deck erblickten sie Rebecca, Peer, Cassandra und Jan. Die vier saßen zusammen an einem Tisch und redeten miteinander. Eben lachten sie über etwas, das Cassandra erzählte. Rebecca und Peer sahen sich an und selbst der Kapitän, der die beiden nur aus einiger Entfernung sah, konnte spüren, dass alles wieder in Ordnung war.

Der Saal leuchtete zur Feier des Abends. Die Passagiere saßen gespannt an den Tischen, als sich Kapitän Andersen mit seinem Glas in der Hand erhob.

„Liebe Gäste, morgen erreichen wir am frühen Vormittag Palma de Mallorca und eine für Sie hoffentlich schöne, erholsame und interessante Kreuzfahrt endet dort. Wir wünschen Ihnen allen eine gute Heimreise am morgigen Tag. Sicher haben viele von Ihnen für daheimgebliebene Familienmitglieder Andenken und Souvenirs gekauft. Sie werden vielleicht von Ihren Reiseerlebnissen berichten. Denken Sie daran, Familie ist nichts Statisches. Selbst in der Arbeit kann unter den Kollegen eine so enge Beziehung entstehen, dass diese Banden ähnlich fest sind, wie die in einer Familie." Christian Roth lauschte auf die Worte. Er war froh, weiterhin Teil dieser Schiffsfamilie zu sein. Die *Diamond Lady* bedeutete ihm und Peer alles und es war gut, dass sie nun das Geheimnis um Kapitän Berger erzählt und geklärt hatten. „Manchmal verlassen Menschen die Familie, um zu neuen Ufern aufzubrechen", der Blick des Kapitäns ging zu Juliane, die am Kapitänstisch neben Anton saß, „oder einfach nur um in ein Zuhause zurückzukehren. Was bleibt, sind Erinnerungen, Freundschaften und Erlebnisse, die einen ein Leben lang begleiten." Hier wanderte sein Blick zu Natascha, die heute zur Feier des Tages ebenfalls an Julianes Seite saß. „Wenn neue Menschen zur Familie stoßen, kann es am Anfang zu Reibereien und Unverständnis führen, doch oft hilft in diesen Fällen ein klärendes Gespräch, um die Wogen zu glätten." Jakob und Anton sahen sich an. Sie hatten wieder Frieden miteinander geschlossen. „Wichtig ist in allen Fällen, bei Abschieden, bei Streitigkeiten, bei Neuanfängen stets ein offenes Ohr und die Bereitschaft zu haben, sich auf den anderen einzulassen und ihn anzuhören. Ich wünsche Ihnen einen wunderschönen Abend."

„Lasst uns ein Foto machen", beschloss Juliane am Ende des Abends auf ihrer Abschiedsparty. Jan erklärte sich freiwillig, auf den Auslöser zu drücken. Sie alle rückten nah zusammen und lächelten in die Kamera. Jakob, Anton, Juliane, Natascha und Cassandra. Sie genossen den letzten Abend zusammen und nahmen sich vor, dass es im kommenden Jahr auf jeden Fall ein Wiedersehen auf der *Diamond Lady* geben würde.

*** *E N D E* ***

Bitte bleib bei mir
- Liccardi Resort

Roman von Johanna Mai

Die junge Grafikdesignerin Laura reist im Auftrag ihrer Agentur nach Venedig. Sie soll die Werbekampagne für das paradiesische Ferienresort der Liccardis in der Nähe von Venedig übernehmen. Vor Ort wird ihr Eli, einer der beiden Söhne des Besitzers, zur Seite gestellt. Sofort fühlt sich Laura von dem ebenso attraktiven wie schweigsamen, abweisenden Mann angezogen. Was steckt hinter seiner schwermütigen, melancholischen Ausstrahlung? Gern würde Laura sein Geheimnis ergründen und hinter die Fassade blicken, die er um sich aufgebaut hat. Auch Eli fühlt sich von der frischen, unbekümmerten Art Lauras angezogen. Aber noch hat er die Trennung von seiner Freundin Chelsea nicht verarbeitet. Die Beziehung ging nach einem schweren Motorradunfall in die Brüche, die die Karriere des ehemaligen Rennsport-Profis beendete. Laura sehnt sich nach Nähe, Eli hat Angst vor einer erneuten Bindung, einer weiteren Enttäuschung. Die Herzen der Familie hat Laura im Sturm erobert. Aber wird sie es auch schaffen, Elis harte Schale zu durchbrechen?